O CHEIRO DO RALO

Lourenço Mutarelli

O CHEIRO DO RALO

5ª reimpressão

COMPANHIA DAS LETRAS

Agradeço a Lucimar Mutarelli,
com amor, pela paciência e pelas
pesquisas na internet.
Pela primeira revisão e, principalmente,
por sua primeira leitura
e críticas que salvaram este livro.

Este livro eu devolvo ao amigo Ferréz.

O leitor poderá se sarapantar ao ver que o enredo do livro que tem nas mãos é sobre um ralo de privada. Mas o herói (se podemos chamá-lo assim), que "se parece com aquele cara do comercial do Bombril", é o dono, e único balconista, de uma loja de compra e venda de antiguidades ou bugigangas, que é o narrador.

Partindo do dia a dia desse personagem em luta contra o simbólico e fedorento cheiro do ralo, Lourenço Mutarelli faz sua estreia no romance, com este livro que, curiosamente, através de uma simplicidade narrativa, toda ela em frases curtas e boas, que, além de tornar agradável a leitura, mostra com carinho a complexidade da vida do "povão" da cidade São Paulo, onde se passa a ação. Isso com uma beleza e humor que não se via na literatura brasileira desde Antônio de Alcântara Machado.

Lourenço Mutarelli, vindo de seus premiados nove livros de histórias em quadrinhos, faz uma descrição visual com uma prosa urbana moderníssima, que podemos chamar de um neorrealismo citadino, e, ao mostrar o dia a dia do zé-povinho paulistano, nos dá uma visão do povo brasileiro, mas sem apelar para o populismo.

Valêncio Xavier
2002

1

Tudo o que o mundo tem a lhe oferecer

Soran era um anagrama. Foi isso que ele me disse.

Disse também que pagou um preço muito alto para conseguir o relógio. Ele tirou do bolso de seu paletó uma pataca, toda de ouro.

Notei que um dia ela teve uma tampa, uma tampa de proteção.

Jura que o mesmo pertenceu ao professor Soran.

Eu perguntei quem diabos era Soran.

Ele me disse que Soran era um anagrama. Ele retomou o relógio de minhas mãos e o devolveu ao bolso interno de seu paletó.

E então, quanto vão me dar por ele?

Vinha um forte cheiro de fossa que subia do ralo e invadia meu nariz. Invadia a sala toda.

Cheiro de merda, é do ralo, afirmei.

Acho que fiquei com vergonha de que ele pensasse que o cheiro vinha de mim.

Ele falou que Soran era um sábio, um visionário. Minhas costas coçavam e eu percebi que, ao olhar o relógio, nem aproveitei para conferir as horas. Eu estava com pressa, mas fiquei sem jeito de olhar no meu pulso.

Posso ver só mais um detalhe nesse seu belo relógio que pertenceu a Sólon? Soran, ele corrigiu. Duas e meia. Não sabia se podia confiar naquela velharia, será que ainda funciona? Quase que por instinto o coloquei no ouvido. Tocava uma bela melodia. Foi o que ele disse. Confirmando que um dia o relógio possuiu uma tampa e que, ao abri-la, a música se fazia tocar.

Ele disse que a música que tocava era a mesma que hoje toca nos caminhões que entregam gás.

Não consegui me conter e conferi, quinze para uma, no paraguaio algemado a meu pulso.

Ele contou que o relógio chegou a suas mãos através de um arqueólogo. Eu disse que não imaginava que o relógio fosse tão velho assim.

Ele não entendeu a piada. Disse que esse arqueólogo, cujo nome agora me escapa, agia como um espião. Sabia que viria uma daquelas histórias que eu não estava a fim de ouvir.

Ele me falou que Soran era um anagrama.

Depois da história toda ele concluiu que apesar do valor inestimável ele poderia me fazer um preço especial.

Disse que não havia interesse.

Se ao menos estivesse com a tampa. Acrescentei.

Ele fechou a cara.

Ele olhou novamente para o relógio.

Ele falou que eu não estava entendendo a oportunidade que se abria para mim. Ele falou que a sorte abre suas portas para todo mundo, pelo menos uma vez na vida, mas que, se essa oportunidade é desperdiçada, a sorte cerra suas portas.

Ele saiu, batendo-a com toda a força.

A mocinha era lenta de fato.

Sua cara era melancólica. Quase inexpressiva.

O lanche que me servia era igualmente sem graça.

Lembrei da piada que fazíamos no refeitório de meu primeiro emprego. 007. Era como chamávamos o bife.

Porque era frio, duro e tinha nervos de aço.

Enquanto comia, devorava o livro que apoiei no balcão.

Tabloide americano. James Ellroy. O livro era bom. Ellroy escrevia no ritmo de meus pensamentos. Estontante. Vertiginoso. Uma tormenta. Um atormentado.

Deixei o lanche pela metade.

O refrigerante era de lata.

Eu passei a pensar no ritmo de James Ellroy.

Quando me dei conta, contemplava uma bunda enorme.

Farta. Quase disforme.
Era da moça. Pensei que no fundo ela era boa.
Sorri. Ela devolveu sua cara melancólica.
Perguntei o seu nome.
Não consegui pronunciá-lo.
No fundo ela era boa.
Perguntei há quanto tempo ela trabalhava na lanchonete.
Uma semana.
Pensei que com aquela cara, no mesmo prazo, perderia seu emprego.
Ela virou e se abaixou para pegar a comanda que fugira de seu bolso. Talvez ela se aposentasse no emprego. Talvez fosse promovida a gerente. Ela perguntou o que eu lia. Mostrei-lhe a capa. James o quê? Ellroy, devolvi.
Ela me disse que eu parecia com o cara do comercial da TV.
Tentei lembrar sua cara.
Sorri para ela.
Não gostou do lanche?
Estou sem fome.
Pedi outro refrigerante.
Ela se virou para apanhar.
Pensei que poderia passar uma semana só olhando para o seu rabo.
Fui ao caixa. Paguei a conta e pedi cigarros.
Ele me deu uma bala de troco.
Framboesa.
Fui até o balcão. Dei a bala para a moça. Como é mesmo o seu nome? Perguntei. Jamais serei capaz de pronunciá-lo. Ela não sorriu.
Ela guardou a bala no bolso.
Eu queria pedir que ela virasse mais uma vez.
Voltei ao trabalho. Eu queria querer parar de fumar.

Ele entrou. Trazia nas mãos um faqueiro.
É de prata.
Fiz a oferta. Ele me falou que a vida era dura.
Eu expliquei que o cheiro vinha do ralo.
Ele aceitou a oferta meneando a cabeça.
Esse faqueiro tem muitas histórias.
Jurei acreditar. Tirei a chave do bolso e abri a gaveta.
Coloquei as notas sobre a escrivaninha.
Ele nem contou. Agradeceu com a cabeça.
Foi até a porta.
Voltou.
Olhou o faqueiro com os olhos embotados. Deslizou sua mão sobre a tampa da caixa como quem faz um carinho.
Falou que a vida era dura. Saiu.
Minha boca amargava.
De repente eu olhava um sapato. Era o meu.
Ele entra. Era um bicho esquisito o que carregava. Porcelana chinesa. Dinastia de fulano. Não sei se era um dragão ou um gato. Ele mesmo deduziu não haver interesse. Acendi um cigarro.

Quando percebi, ela perguntava o que eu achava daquilo. Eu falei que era assim mesmo. Então você acha certo um pai de família fazer uma coisa dessas? O quê? Gastar tudo no jogo. Claro que não.
Ela perguntou se eu não ia comer a salada. Disse que estava sem fome. Ela falou que já estavam na gráfica. Os convites. Ela falou que me amava. Ela falou que ao meu lado seria feliz.
Eu falei que só os ingênuos acreditavam em felicidade.
Ela cobriu o rosto tentando chorar. Estúpido! Insensível!
É isso que você é. Insensível.

Levantou-se da mesa. Enchi minha taça de vinho.

Desculpa. Ela falou.

Desculpar o quê? É que eu fiquei nervosa. Não quero estragar esta noite. É que, às vezes, você finge ser tão insensível. Falta só um mês.

Falei que eu não queria casar.

Ela fez uma cara engraçada.

Ela bateu na minha cara.

Ninguém bate na cara de um homem. Meu pai costumava dizer.

Você está louco?

Claro que não. E a prova disso é que eu vou acabar com essa merda toda.

Você falou que o nosso relacionamento é uma merda.

Ela bateu na minha cara de novo.

Levantei.

Ela me empurrou tão forte que voltei a sentar.

Eu não gosto de você. Nunca gostei. Nunca gostei de ninguém.

Ela de joelhos no chão chorava de uma forma engraçada.

Eu ri. Sai daqui! Você é louco! Agora sou eu quem não quer casar com um louco. Ter uns filhos *tudo loucos*. Sai! E não apareça nunca mais! Seu louco.

O que que os outros vão pensar, com os convites na gráfica?

Foi o que ouvi ao fechar a porta.

Olhava a pombinha branca. Mais cinza do que branca. Nos pés faltava mais dedo do que tinha. As pipas? Aqui no centro acho difícil... Na hora da cagada ela alçou voo. A merdinha, mais branca que ela, estalou numa careca alheia.

Batem na porta, volto à escrivaninha. Entre. Ele entra. Em suas mãos uma flauta.

Minha boca amarga. Se eu tivesse uma bala. Framboesa.

Esta flauta tem muita história para contar. Ele sopra umas notas. Não aguento. Rio. Rio sem poder me conter. Rio por tudo e de todos. Ele para. A flauta cala. Dou minha oferta.
Ele ri.
A vida é dura. Falo.

Ela entra chorando.
Me pede perdão.
Diz que me ama.
Diz que não vai me perder assim tão fácil.
Me abraça. Eu, imóvel. Digo que ela não tem nada a me oferecer.
Ela bate na minha cara.
Ela diz que eu não vou escapar tão fácil assim.
Diz que vou me arrastar a seus pés.
Eu nunca gostei dela.
Eu nunca gostei de ninguém.
Ela sai.
O cheiro de merda me infesta o nariz.

Paul Auster me deixa confuso. Ele escreve no ritmo que penso. Vertiginoso. Todos aqueles sr. White, sr. Green. Como no jogo do tabuleiro.
Sr. White, com a faca na biblioteca.
Da mão para a boca.
Ela me entrega o lanche. Ela quase sorri.
Ela se vira para buscar o refrigerante.
Eu poderia ficar uma semana só olhando ela se virar.
Esse livro já é outro?
Mostro a capa.
Paul do quê?

Ela diz que gostava de ler. Só revista. *Revista dos Astros*. Astros da TV. Eu pagaria só para olhar essa bunda.
Peço um café.
Tá sem fome de novo?
É.
Seu nome era a mistura de pelo menos outros três.
Seu pai, sua mãe e algum astro da TV.
Ela pergunta o meu.
Eu falo.
Ela repete em voz alta.
Ela deve ler mexendo a boca.
Ela deve mexer a boca até quando vê as fotos dos astros.
Deve mexer a boca evocando seus nomes. Roberto Carlos.

Me pego olhando uma jarra de um suco que eu mesmo fiz.
Fecho a geladeira.
Ligo a TV.
Imagino uma série de coisas. Misturadas ao que a TV diz.
No 80 são três se pegando, naquela velha coreografia de filme pornô.
No Discovery um monstrengo assustado.
A série americana já vem com risadas.
No Cartoon um desenho que vi quando era criança.
No teto uma lâmpada desatarraxada.
No sofá minha roupa de ontem.
Na estante ainda tem livro pra ler.
O jornal repete o atentado de um mundo que eu mesmo fiz.

Ele entra. Na mão, uma gaiola segura um canário. Empalhado.
Isso tem história.

Dou meu lance.
Ele ri com os olhos fechados.
Pego a pequena chave e abro a gaveta.
Ele conta o dinheiro, nota por nota.
Três vezes.
Ele conta o dinheiro mexendo a boca.
Tenta me dar a mão, como quem fecha um grande negócio.
Eu finjo não ver sua mão. Nem me dou o trabalho de justificar o cheiro.
Ele sai. Ele pensa estar feliz.

Ela entra.
Ela treme.
Ela não olha em meus olhos.
Olhos que parecem nem se mover.
Nas mãos um porta-joias. Nele, um bracelete, um par de brincos, um alfinete de gravata, um ágnus-dei.
Tudo de ouro.
Reclamo do cheiro como se nunca o tivesse sentido.
É do ralo.
Pergunto a procedência, só para poder regatear.
Ela diz ser herança.
Dou o lance, chuto baixo.
Ela aceita de pronto.
Ela treme.
Sei que logo ela vai parar de tremer.

Ele entra.
Me tomo fitando o céu.
Ele diz: Vai chover.
O gramofone pesava.

Ele o apoiou em minha escrivaninha.
Funciona?
Não, mas é um belíssimo enfeite.
Alego não haver interesse.
Ele pergunta se sei de onde ele veio.
Nem respondo.
E de ônibus.
Vai voltar. Digo eu.
Esse gramofone tem história.
O cheiro é do ralo.
A vida é dura.
Duro é o caralho. Prageja ele.

Mesmo sem fome e com nojo, me sento no mesmo lugar.
Ah! O livro é o mesmo de ontem.
Paul Auster é difícil.
Se a comida daqui fosse boa, o paraíso seria aqui.
Sem perceber, falei.
Ela riu.
Devolvi.
Trouxe o lanche. Ansiava pelo refrigerante.
Ela foi.
Ela se curvou.
Sua bunda.
Sua bunda, imensa e disforme, sorriu para mim.
Suei frio.
Por que o senhor disse aquilo?
Eu gosto daqui. Tá sempre vazio, consigo sempre o mesmo lugar no balcão. Você sabe, essas coisas são importantes.
É que, a hora que o senhor vem, a peãozada já foi embora.
Ela deve ser a rainha de todos eles.
Deve inspirar seus sonhos.

Infelizmente, não os meus.
Eu nunca sonho.

Ele entra.
Põe o violino em minha mesa. Não fala nada. Nem "boa tarde". Fico em silêncio. Afinal o interesse é dele. Então ele fala: Quanto? Chuto tanto. Ele coça a barba. Esse violino deve ter história, chuto. Ele me olha. Seu olhar me incomoda. Ele pega o violino e sai.
Mas, antes de fechar a porta, solta:
Aqui cheira a merda.
É o ralo.
Não. Não é não.
Claro que é. O cheiro vem do ralo.
Ele entra e fecha a porta.
O cheiro vem de você.
Olha lá. Levanto e caminho até o banheirinho.
Olha lá, o cheiro vem do ralinho.
Ele ri coçando a barba.
Quem usa esse banheiro?
Eu.
Quem mais?
Só eu.
Ele continua com o sorriso no rosto, solta:
E então, de onde vem o cheiro?

Quando percebo, estou vendo uma jarra. Vazia.
Ligo a TV.
Abro Paul Auster. Uma série de pensamentos se mistura a tudo.
Apago o cigarro. Calo. Permaneço imóvel.

Só me dou conta quando a água cai sobre minha cabeça.
Esfrego o sabonete repetidas vezes.
A comida da lanchonete cai mal. Mole. Malcheirosa.
Pior do que o cheiro do ralo.
É o meu cheiro e não preciso explicar nada a ninguém.
Não aqui.
Não aqui em minha casa.
Deveria ter cagado antes do banho.
O telefone insiste. Deve ser ela. Era ela. Você não vai se livrar de mim tão fácil assim. Vou falar com a sua mãe. Vou falar para ela que você quer desmarcar o casamento faltando menos de um mês. Aproveita e diz que eu mandei lembranças. Eu não gosto de ligar para ela. Eu não gosto dela. Eu não gosto de você. Eu não gosto de ninguém.
Vocês mostram o que têm, eu digo se interessa e quanto vale.
A vida é dura. E vá se foder.
Se ela estivesse aqui, ia bater na minha cara.
Ela não gosta que eu fale palavrão. Acho que algo está para mudar.
Eu não me importo com ninguém.
Só não quero que eles pensem que o cheiro do ralo é meu.
Vou dormir.
Não vou sonhar.
Hoje é sábado.
E por isso ninguém entra e ninguém sai.
Fumo contemplando o teto.
Sei que são seis. Sempre acordo às seis. Lembro do relógio.
Como era o nome do tal professor?
Quero levantar. Mas sei que o café não está feito.
Sinto preguiça.
Aos diabos!
Hoje é sábado.
Penso na bunda. Rosebud. Se eu morresse agora como

Welles, ninguém encontraria meu Rosebud. Se aquela bunda estivesse comigo agora, eu ia brincar tanto com ela. Eu brincaria com ela como um garoto brinca com o seu Rosebud.
Dizem que um rabo de saia pode entortar um homem.
Eu acredito.
Olha só o que esse rabo me fez.
Coloco o pó. Ligo a cafeteira.
Folheio os jornais.
Me excito com os classificados.
Sábado é um longo dia.
Pior o domingo.
Ninguém entra, ninguém sai.
Estou vendo uma unha gigantesca.
Corto. Ela voa e some no carpete. Corto outra.
Lembro da pomba. Lembro do careca. Concluo Auster. Abro Ferréz. "Paz a quem merece." Assim falou Ferréz.
Pego uma fatia de pão de fôrma. Não passo manteiga.
Hoje é sábado... "e há um grande acúmulo de sífilis". "Porque hoje é sábado." Eu não gosto de ir ao centro no fim de semana, senão eu pegava o carro e ia comer na lanchonete.
Porque hoje é sábado eu seria capaz de falar para ela que pagaria só para olhar sua bunda. Leio até o fim.
Descongelo algo no micro-ondas. Tento comer. Não sinto o sabor.
Assisto TV. O vai e vem em close-up me lembra uma engrenagem.
Caio no sono.
Domingo.
Acordo na sala. A engrenagem ainda trabalha. TV a cabo, vinte e quatro horas de entretenimento. Preparo o café. Como uma fatia de pão de fôrma. Não passo manteiga. Ligo o rádio. "Construção". O Chico cantava como eu penso. Coloco o CD. Philip Glass, *Music in twelve parts*. Isto não é uma música, é

um organismo. Aprecio a obra como quem observa uma criatura alienígena. Um ser vivo. Sinto sua respiração, o bater do coração, seus movimentos.

    A vida procura viver.
    A arte imita a vida.
    A vida imita a vida.
    A arte imita a arte.
    "Hoje é domingo, pé de cachimbo; cachimbo é de barro, bate no jarro; jarro é de ouro, bate no touro; touro é valente, bate na gente; a gente é fraco, cai no buraco; buraco é fundo, acabou-se o mundo."

    Se essa bunda, se essa bunda fosse minha.

Ele entra.
Traz um monte de cédulas velhas.
Esse dinheiro tem história.
O cheiro é do ralo, vou logo falando.
    Acendo um cigarro. Para nós, isso não vale nada. Ele se desculpa.
    Diz que precisava tanto do dinheiro. Digo que ele está cheio de notas.
    Ele diz que essas são velhas, que não valem nada.
    Digo que o que possuo, em breve, nada deve valer.
    Ele sai. Na janela busco a pomba. É provável que ela siga o careca.
    Hoje o cheiro parece mais forte. Minha boca, mais amarga.

Ela entra.
Ela segura uma faca.

Ela jurou me matar. Peço para que ela se acalme.
Chorando, me abraça.
Beija minha boca amarga.
Aperto sua bundinha apertada.
Ela diz: Me possui. Eu te amo, querido. Mesmo que você não me ame, mesmo que haja uma vadia entre nós, vamos nos casar. Eu aceito. Eu aceito tudo. Eu deixo você vir por trás. Forço minha cara em sua bunda. Como se quisesse entrar.
Eu falei que te faria rastejar. Rasteje.
Ela levanta a saia e puxa de lado a calcinha. Afasta os lábios e mostra a grutinha.
É isso que você quer? É para isso que você dá valor?
Meu pau até dói de tão duro.
Ela começa a chorar. Mas não fecha a grutinha. Nem para de me convidar. Vem! Ela fala em soluços. Se é isto o que quer, vem, come. Esfrego minha cara e me melo. Quanto mais eu quero, mais forte ela chora. E, mesmo antes de tirá-lo pra fora, o gozo não posso conter.
Aí então já não sinto mais nada.
Nada tem para me dar.
Ela chora e bate na minha cara.
Depois chora baixinho, fazendo aquela cara engraçada.
Vou ao banheirinho me limpar e, quando volto, a encontro no chão.
"A chorar, a chorar, a chorar."
Com os convites na gráfica.
É o que ouço quando ela sai.

Ele entra.
Desculpe, amigo, está na minha hora de almoço. Quem te deixou entrar? Foi a mocinha. A mocinha vai ter que arrumar outro emprego. Aí é a mocinha quem vai chorar.

Na pressa me esqueço do livro.

Antes de entrar, me parece que a dona bunda já me esperava. Ansiosa. Ué, hoje não trouxe livro?

Hoje não.

Vai querer o x-calabresa ou o bacon?

Escolhe para mim. Hoje vai ser o que você quiser.

Ela quase riu.

Ela usava uma saia estufada que ocultava seu único dom.

Hoje não é o meu dia.

Nem o meu, retrucou.

Trouxe o x-calabresa.

Acabei pedindo um suco.

Ele entrou. Nem vi o que trazia nas mãos. Aleguei não haver interesse. Ele se contentou em dizer: Que cheiro!

É do ralo.

O cheiro vem do ralo do banheirinho.

Ele sai.

Me sinto cansado. Cansado como nunca me senti. Esse cheiro não é meu.

Ligo a TV. As mesmas coisas diferentes de sempre. No Discovery um homem se aproxima de um jacaré. No Cartoon um desenho que vi. No telejornal um político dá graças a Deus. Vejo uma luta de boxe. No 62 os astros se beijam.

Na parede uma reprodução *Rosa e Azul*.

No tapete um maço vazio.

Percebo uma coisa estranha.

Um vulto, ou algo assim.

Pela visão periférica, desloca-se.
Me viro rapidamente. Pensei ser alguém atrás de mim.
Nada.
Algo da natureza dos vultos. Uma sombra. Uma ilusão. O passado.
O telefone toca. Acho que atendo antes mesmo disso. Ele diz que sua filha está internada. Ele diz que fizeram lavagem. Ele diz duas caixas de Lorax.
Imagino baldes, repletos de merda e amarelos Lorax.
Ele diz que eu não sou homem. Não sou homem para sua filha. Ele diz que ela tentou se matar. Com os convites na gráfica. No AXN um leão abocanha a cabeça de seu domador. Nunca mais a procure. Fique longe da minha filha. Isso não fica assim.
Ele diz que sou filho da puta.
Tempestade colhe quem vento plantou.
Johnny Bravo apanha na cara.
Na parede *Rosa e Azul*.
Tiro Valêncio Xavier da estante.
Deito na cama que fiz.
As pessoas morriam de gripe.
No mundo que eu mesmo quis.

Ele entra. É um revólver o que traz em suas mãos. Chuto. Ele agradece. Diz que não sei como ele precisava daquilo.
Conta nota por nota.
O cheiro vem do ralo.
As histórias que esse revólver há de ter.
Ele diz que estou amarelo. Amarelo é o teu cu, infeliz.
A mocinha entreabre a porta. Telefone pra mim. Ela diz.
Você não merece minha filha. Com os convites na gráfica. Ela diz.
As gráficas deveriam prestar-se aos livros.

Aos livros e às revistas dos astros.

O barulho é seco. Numa seca batida morreu.

"Pombinha branca, que está fazendo? Lavando roupa pro casamento." Nem quebrou o vidro. Bateu em cheio.

Hoje o careca é quem ri.

Pego a *Revista dos Astros*. Juro que não é pra mim. Pago. Mas ele quer mais trocado. Pego jornal e cigarro. Fluido para o isqueiro também. O senhor tem balas de framboesa? Ele não tem. Quando entro, ela ri. Agradece a revista. Essa eu ainda não tinha. Sua boca se move sem som. re-vis-ta-dos-as-tros.

Ela está de batom.

X-egg?

Vai.

Hoje, mais do que nunca, a calça modela com precisão de detalhes.

Posso ver sua racha.

Qual é esse?

Mostro a capa.

Mês do quê?

Da grippe.

O mez da grippe, de Valêncio Xavier.

Eu queria envelhecer ao lado desse teu cu. Eu queria poder dizer isso.

Ele entra. É uma peça decorativa de bronze transmutada numa dessas figuras da mitologia grega... "O cantor olhou para trás, transgredindo a ordem dos soberanos das trevas. Ao voltar-se, viu Eurídice, que se esvaiu para sempre numa sombra, morrendo pela segunda vez..." Ele falou. Falou com os olhos fechados.

Citando um livro que nunca li.
Abraçado à peça de bronze.
Se eu pudesse, retirava todas as lembranças que se guardaram nesta peça antes de me desfazer.
Essa peça deve ter muitas histórias. Disse eu.
O que me conforta é saber que ela as guardará em seu silêncio de bronze. Chuto. Ele acha pouco. Antes do novo lance, discurso sobre o cheiro do ralo. Ele afirma haver sentido. Ele não gosta do novo lance, mas sabe que mais não darei. Beija a testa da imagem de bronze. Dos olhos uma lágrima escapa. Tantas lembranças. Espero que não se apaguem. Tiro as notas da gaveta e volto a trancá-la. Ele nem as confere.
Ele sorri chorando. Sol e chuva, casamento de viúva. Penso.

Ligo a TV. Antes via o lixo de graça. Hoje pago pra ver.
No 80 uma garota de bunda precisa leva simultaneamente, na frente e atrás. Mas no close tudo vira engrenagem.
Eles fodem no ritmo que penso.

Ele entra. Um raro livro. Jura ser a primeira edição. Chuto baixo, bem baixo. Quero que pense que não sei o que tenho ali. Ele me chama de ignorante. Reforço sua ideia dizendo: Baudelaire? Nunca ouvi falar. Heresia! Blasfema. *Les fleurs du mal.*
Não falo francês.
Nem inglês.
Nunca aprendi nem sequer a língua do pê.
É a primeira edição francesa. Isso vale uma fortuna.
Isso quem diz é você.
O pior é que eu preciso da merda dessa grana.
E, por falar em merda, o cheiro é do ralo.

Que cheiro? Ele não sente!
Quadruplico a oferta.
Ele põe a mão sobre o peito. Ele pede para sentar. Chamo a mocinha e peço um copo d'água. Se o senhor soubesse como eu preciso desse dinheiro. Tenho um filho doente. A vida é dura.

Ela é toda sorriso.
Nem nota o livro do dia.
Já pedi pra você.
Traz o velho x-vinagrete e se vira para pegar a Coca. Queria ter o poder do zoom, do quadro a quadro e da pausa. Voltar, congelar e rever.
Gravar, duplicar, ter. Possuir. Ejetar e voltar a meter.
Antes de ir, dou-lhe a bala.
Framboesa, ela ri.
Sabe o que eu li na *Revista dos Astros*?
Não, o quê?
O horóscopo.
Ah, é? E o que diz?
Só coisa boa. Diz que vou ser feliz.
Penso mas não falo.

No momento, ninguém entra e ninguém sai.
Estou trancado no banheirinho.
Devolvo o x-vinagrete,
com juros e correção.
O lanche desse boteco ainda me mata.
Cai mal. Mole. Esguicha.

Ele entra.

Nossa, você está amarelo!

Eu me sinto amarelo.

Que cheiro horrível tem aqui!

É de merda. É da fossa. Vem do ralo. Do ralo do banheirinho ali.

Traz umas bolachas do Gardel.

Coisa fina. Diz ele.

Tá, põe aí. Tiro as notas.

Isso é muito pouco!

Então pega e leva de volta.

Não. Não pode ser assim. Isso é joia rara. É só o senhor dobrar o valor. Não dobro.

Não dobro, e, se quiser, agora dou só a metade do preço que acabei de fazer.

Mas isso não está certo, doutor.

Eu sei o que é certo e o que não é certo.

Isso, fui eu que inventei.

Eta! Inventou o quê?

A certeza.

Cabra, o senhor é um sujeito engraçado.

É pegar ou largar.

Então o senhor volte com a oferta anterior, que o negócio tá fechado. Não volto.

Já falei. Se quiser, te dou a metade.

É por isso que os senhores estão cada vez mais ricos e nós cada vez mais pobres. Então eu não vendo. Vou logo vender noutro lugar.

É você quem sabe.

E quer saber? Vendo em outro lugar nem que seja pela metade da metade que o senhor quer me dar.

E só mais uma coisa lhe digo: Tu *é* rico, mas vive na merda.

Puta cheiro arretado da porra!

Sai.

Volto à lanchonete.
Desta vez para jantar.
Ela nem acredita.
Ela ri tanto que quase chega a pular.
Vai querer o quê?
Tudo.
Ela ri e devolve: Tudinho, tudinho?!
Não. Você não entendeu.
X-tudo.
Ela perde a graça.
Desaba da alegria.
Queria ter filmado sua cara nesse momento, foi tão engraçada.
Eu emendo: Por enquanto.
Ela quase volta a sorrir.
Deve ser dessas criaturas feridas. Pobre, humilhada e ofendida.
Talvez eu possa diminuir a oferta no dia que propuser pagar para olhar. Ela vira para buscar o refrigerante.
De tão triste, tem a bunda contraída.
Desse jeito meu pau chega a fisgar.

Quase nem dá tempo de abrir a porta. Corro ao banheiro. Devolvo. Esvazio os intestinos. Grosso e delgado. Esse lanche ainda me mata. Não deu tempo nem de ligar a tv. Nem me limpo. Entro direto no banho. Fazendo um Flashback do Rabo.
Depois do alívio, o que vem?
O vazio.

Ele entra.

Traz nas mãos uma maleta. Eu vim pra ver *os cano*.

Que cano?

O senhor ligou *pro* causa da fedentina.

Ah! O cheiro de merda! Entra.

Entra.

Me levanto e caminho até a porta do banheirinho. É aí. É daí que o cheiro vem. Ele fica de quatro. Mete o nariz e cheira, cheira, cheira. Depois dá seu parecer.

É, fede mesmo.

Fede, não fede? Pergunto.

Ô! Ele se limita a dizer.

Depois ele tira o ralinho, e mete a mão.

Sinto um prazer quase incontido.

Ele continua.

Sua mão mergulhada vai pra lá e pra cá.

Tá tudo embostado. Afirma. Tira a mão e a esfrega nas calças.

Vixi! Vai ter de quebrar tudo. É o sifão.

Sifão, é?

É. Vai ter de quebrar tudo.

E quanto vai custar? Ele chuta.

Vai pra merda! Chuto eu.

Ô *dotô*, vai com calma.

Não. Por esse preço eu fico com o cheiro.

Ói! E o preço que eu tô te dando *num incrui* o material.

Pode ir embora. Você nem viu direito.

Pôs a mão aí que nem uma mocinha.

Nem examinou direito.

Que é isso, *dotô*? *Oia*. Fica de quatro de novo e mete a mão. Vai pra lá e pra cá. Puxa a mão trazendo um punhado de lama. Uma lama negra e fétida.

Se você comer isso aí, eu te pago tanto.

Ele levanta de uma só vez.

Acho que não gostou.
Atira a lama na minha cara.
Vai se *fudê*! Vai se *fudê*, seu *viado*! Eu *sô* pobre mas sou honrado.
Ele sai.
Passo a mão em meu rosto. A lama foi até os meus lábios. Abro a torneira da pia e enfio a cabeça. Agora nem dá para aguentar. Ele foi mexer nessa merda, e o cheiro alastrou. Encorpou. Está tão forte que quase se tornou visível.

Ele entra.
Olha, desculpe o cheiro. Estou com problemas no encanamento.
Ave Maria! Ele diz.
Faz uma cara de nojo, engraçada. Aponta para o meu paletó. Encostando o queixo no peito, tenho a visão do que viu. Tem respingo e pelotas da lama. Ele cobre a boca como se tentasse conter o vômito. Mas o mesmo trespassa seus dedos. Ele mal se desculpa. Corre como se a sala fosse explodir. Nem mostrou o que trouxe. E lá fora é ele quem vaza. Enojando a mocinha aprendiz.
Ela entra assustada.
Traz um balde e pano de chão. Ordeno. Espera. Toma. Tiro umas notas do bolso. Traz Creolina e Pinho Sol, faz favor. Eu não atendo ninguém, até você voltar e limpar essa imundice toda. Saio. Vou caminhar um pouco.
Passo na banca e pergunto:
A *Revista dos Astros* é o quê, semanal? Ele diz que sim. Olho a capa. É a mesma. Volto a andar. Ainda é cedo para o almoço. De longe avisto a peãozada. Todos no balcão. Um teve a pachorra de sentar no meu lugar. Para eles ela é toda sorriso.
De longe ela não me vê.

Hoje não é o meu dia.
Sinto o estalo, ouço as risadas. Hoje o careca fui eu. Um mendigo me aponta e diz: É merda pra tudo que é lado, doutor! Desaparece. Quando percebo, estou vendo minha cara. Refletida no vidro da loja. Loja de imagens de umbanda. No vidro, entre as imagens, estou eu. Fundido. Aperto o passo.
Entro num café.
Vai querer o quê?
Café.
Puro?
Puro.
Tem que tirar a ficha no caixa.
Pago.
Volto ao balcão.
O lugar é agradável. Mas ninguém tem um rabo daquele.
Acendo o cigarro.
Aqui não pode fumar. O senhor não sabe ler? A mocinha aponta para a placa. É proibido fumar. Isso não está escrito. Subentende-se num desenho econômico.
Um dia a mocinha vai precisar de mim. Solto ao sair.
Ando até o parque.
No parque os mendigos descansam.
É merda pra tudo que é lado. Recordo.
Um novo mendigo se dirige a mim.
Todo labirinto tem uma saída. Diz.

Irritado, entro num restaurante, desses por quilo.
Até o termo me enoja.
Porquilo. Associo.
Faço o prato e confiro o preço.
Penso em mais tarde cagar numa balança, só para conferir.
A comida é melhor que sua cara.

Volto. Me sinto vazio.

Ele entra. O cheiro da merda mesclado ao da Creolina. Desculpe o cheiro. Vem do ralo. Tudo bem. E não é que ele traz uma balança de precisão? Vou ficar com isso para mim mesmo. Afirmo. Pago além do que normalmente faria. Se o senhor quiser, posso conseguir um bagulho de primeira. Purinha, purinha, purinha. Agradeço.
Ele sai.
Mas antes pisca pra mim.

Ligo a TV. O telefone não toca. Será que ela morreu? *Friends* são os amigos que tenho. Já vem com risada, isso economiza as minhas. No Discovery um atum gigantesco. Rosebud.
Rosebud. Onde estás que não te vejo? Adormeço. Querendo sonhar.
O vulto passa por mim. Eu sinto. Quando passou, esbarrou em meu joelho. Eu estava dormindo sentado. Aqui no sofá da sala. Foi quando esbarrou que acordei. Confiro. São três. Nunca acordo na noite. O encontrão me fez acordar. Procuro o vulto na sala. Nada. Noto que suo frio. Abro a geladeira. Pego a garrafa de água. Bebo. Agora não vou conseguir dormir mais. Estou incomodado. Um pouco assustado, talvez. Foi real, pois não sonho.
Não sonho e nunca sonhei.
Sinto um calafrio nas costas. Parece que o calor de meu corpo se esvai. Deve ser por causa do ralo. Uma vez eu li a respeito. Me parece que foi numa revista. Sei que não foi na *dos Astros*. Sei que falava da merda. Do cheiro da merda afetar os sentidos. É isso. De tanto inalar a merda, meu cérebro se confundiu. Era disso que tratava a matéria.

O cheiro da merda pode lesar o cérebro.

Preciso mandar quebrar todo o banheirinho. Preciso arrumar o sifão. Nunca confie nos seus pensamentos depois das três da manhã. Meu pai costumava dizer. É isso. Eu sei. É a porra do cheiro. Isso que está me deixando cansado. Doente, talvez. É isso. Só pode ser.

Bosch pintava um monte de coisas entrando ou saindo do cu. Eu lembro. Eu vi nos quadros do Bosch.

Eu sei.

Porque na Idade Média o cu representava o inferno. É isso. Eu sei que é. E o ralo é o cu do mundo.

O cheiro que aspiro vem do inferno.

O vulto é o cheiro também.

Porra, eu estou assustado.

Noto minhas mãos tremer.

Que merda que é isso agora? Pego o uísque. Tomo no gargalo.

É preciso acalmar. Vão se foder. Eu sou mais eu. Eu lembro do que Strindberg falou no *Inferno*. Eu sei o que Freud falou sobre o medo. Sei o que falou dos fantasmas. Os fantasmas são a culpa. Mas eu desconheço esse sentimento. Eu não gosto de ninguém, nunca gostei.

Isso não é a porra do "conto de Natal".

Ninguém vai me atormentar.

É tudo culpa do cheiro do ralo. Amanhã mesmo vou mandar cimentar.

2
O portal

Eu mesmo misturei e despejei um quilo de cimento e areia. O ralo tragou. Sumiu. Chamo a mocinha, minha nova secretária, e a mando buscar mais pacotinhos, desses com um quilo cada. Traz logo quatro. E pedras. Traga um pouco daquelas pedrinhas. Cascalho. Acendo um cigarro. Meus olhos ardem, como se estivessem com areia. Minha boca, mais do que nunca, amarga. Não consegui mais dormir.

    Ele entra.
    Traz um olho de vidro nas mãos. Esse olho já viu de tudo. Ele diz. Esse olho tem história. De tudo, ele não viu. Penso eu. Não viu a bunda, isso ele não viu. Pego o olho. Analiso. É incrível. É perfeito. Injetado. Quero o olho para mim. A bunda e o olho. Lembro daquela capa de disco. Acho que era do Tom Zé. A bunda e o olho.
    O olho do cu.
    Chuto.
    Quero o olho para mim. Será o meu amuleto. Ela bate e entra. Ela ainda não sabe que não gosto de ser interrompido. Ela sua, cansada. Traz um pacote. Mais de quatro quilos, calculo. Areia, cimento e pedrinhas. Coloca ali no cantinho.
    Peço desculpas ao homem do olho. Ele diz não se importar. Explico o cheiro e o problema. Ele finge interesse em ficar. Ela sai. E então?
    Não aceita. Diz que o olho vale mais. Esse olho já viu de tudo.
    De tudo sei que não viu.
    Digo que dei o máximo que posso dar. Ele levanta e agradece. Espera. Me ouço falar. Dobro. Ainda é pouco. Ele diz. Ele sabe que o olho me encanta. Ainda o seguro nas mãos.
    Quanto? Pergunto.
    Tanto. Ele chuta.
    Tanto não posso dar.

Então fica pra próxima. Ele diz estendendo a mão.
Não devolvo. É o meu amuleto. Abro a gaveta e pago.
Você sabe negociar.
Guardo o olho no bolso.
Ele sai.
Mesmo com ele no bolso, continuo a alisar.

Ela entra.
Ela treme mais dessa vez.
Traz um rádio de pilha.
Me dá o quanto quiser.
Daria mais se quisesse. Mas não quis.
Logo vai parar de tremer.
Espera.
Ela para. Que foi?
Quero te mostrar uma coisa. Mostro.
Ela se impressiona.
Parece de verdade.
É de verdade.
Ela olha de perto. É da hora, esse olho.
É. Era do meu pai.
Esse olho era do seu pai? Verdade? É mesmo?
Até sua cabeça balança, de tanto tremer.
Eu guardo esse olho comigo desde que eu era criança.
Legal. Seu pai já morreu?
Morreu. Morreu na guerra.
Que guerra?
Na Segunda. Na Segunda Grande Guerra.
Nossa! Eu nunca conheci ninguém que morreu na guerra.
Claro, e como poderia?
É verdade. O senhor é legal. O senhor parece aquele cara do comercial.

Já me disseram isso.
Eu preciso ir. Gostei de ver o seu olho.
É legal, não é?
Da hora. Ela sai.

Ele entra. Nas mãos um ancinho. Esse ancinho tem história. Chuto tanto. Ele aceita. Conta nota por nota. Três vezes.
Quer ver uma coisa?
O quê?
Mostro. Ele pula para trás.
Era do meu pai.
Cruz-credo! Se benze.
Cruz-credo! Ave Maria!
Ele sai apressado.
Olho o olho. É perfeito. É preciso. É o olho do cu.
Vou levá-lo pra ver a bunda, aí ele vai ter visto de tudo.
Hoje o dia está cheio.

O ralo engole tudo.
Agora é esperar para secar.
Hoje nem deu para almoçar.
Ele entra. Quer ver uma coisa?

Ligo a TV. Tiro o olho do bolso. Acomodo na mesa de centro. Direciono a pupila à tela. Me arrependo de não ter passado na lanchonete. Disco pizza. Meia aliche, meia alho. O alho espanta o mal. Fox Mulder não trabalha mais. Fox Mulder. Fax-modem. Associo. AXN, acidente de carro. Penso. Disco o velho número só para ver se atende. Chama, chama, chama. Será que ela morreu? Não que eu goste dela. Nunca gostei. Ela ficaria assustada se visse o amuleto. Para ela não poderia dizer que foi do meu pai. Nem que foi da minha mãe. Johnny Bravo apanha na cara. No vulto não quero pensar. Ainda tenho areia nos olhos.

People and Arts apresenta Pollock. Rosebud. Hoje não vi minha bunda. Hoje já contam dois dias. Hoje nem ao menos eu li. O interfone grita e me assusta. Mando subir. Ele entrega e aguarda a gorjeta.

Quer ver uma coisa? Corro à mesinha de centro e o apanho. Mostro.

Uau! Que *loco*! Onde o senhor arrumou isso?

Veio numa pizza.

Tá brincando!? Lá do Florão?

Não. Uma pizza que pedi noutro lugar.

Porra! O pizzaiolo devia ser cegueta! Da hora! Parece os *baguio* que vinha no salgadinho.

Que salgadinho? Pergunto.

Aquelas batatinhas que vinham com partes do corpo, tá ligado? Tipo assim, *uns dedo* bem *loco*, orelha, tudo *umas coisa* assim bem cabulosa, tá ligado?

Eu sei do que você está falando. Depois as crianças crescem canibais e ninguém sabe por quê.

Só, pode crer, tá ligado? *Mó* treta.

Valeu, sangue bom.

O olho amplifica o meu poder. Alinho a pupila à tela. No Classic tem Groucho Marx. "Ou este homem está morto ou meu relógio parou." Lembro. O relógio me lembra o relógio. Talvez eu devesse ter comprado. Ele disse que a porta da sorte se fecha.

Parece que, desde o dia que recusei o relógio, a porta da sorte se fechou para mim. Ele disse que o nome do dono era um anagrama. Ziran?

Será que era Ziran? Acho que era isso mesmo.

Ziran é *nariz* ao contrário.

Nariz tem tudo a ver com cheiro. O cheiro do ralo. Bem que ele podia voltar e trazer o relógio. Com o relógio e o olho, nada podia falhar.

A pizza é muito boa. Muito boa talvez seja exagero.

Muito boa só para quem se acostumou ao sabor do boteco. É isso. Adormeço na imagem do Tom&Jerry.

Acordo. Procuro o vulto.

Na mesinha o olho não está. Salto do sofá. Vejo o olho no chão.

Deve ter rolado. Rolado e caído.

Limpo cuidadosamente em minha blusa.

Vou para o quarto deitar.

Com o olhar do olho em mim.

Durmo.

Sei que o olho do cu vai me guardar.

Entro eu. O cimento secou. O cheiro cessou. Já não há mais ralo. Tiro o olho do bolso e beijo. Você fará a sorte voltar.

Ele entra.

Nada tenho que explicar.

Traz consigo uma caneta.

É de ouro.

Chuto.

Ele repete.

É uma caneta maciça de ouro.

Então ela não escreve. Ironizo.

Claro que escreve, é só pôr a carga.

Mas, se é maciça, não há espaço para carga. Ele não entende.

Ele desatarraxa e mostra a carga.

Eu não quero. Por quê?

Porque não gostei da sua cara.

Meu senhor, desculpe minha cara. Não é ela que estou oferecendo.

É a caneta. E olha que essa caneta, além de ser de ouro maciço,

tem história.

Não quero nem de graça.

Meu senhor, assim o senhor me ofende. Me desculpe se minha feição não lhe agrada, mas estou aqui pela caneta. É a caneta o que deve julgar.

Não quero.

Senhor, te suplico. Eu preciso muito do dinheiro, por favor, se o senhor preferir, me viro de costas. Assim o senhor nem precisa me olhar.

Você precisa mesmo do dinheiro?

O senhor nem imagina o quanto.

Então você faria qualquer coisa para conseguir?

Qualquer coisa também não, afinal sou um homem de princípios.

E até onde vão seus princípios?

Vão até seus limites.

E que limites são esses?

Ah, não sei precisar. Mas o que o senhor sugere que eu faça?

Nada. Nada, não. Pode se retirar.

O senhor nem vai fazer uma oferta pela caneta?

Já fiz mas retiro.

Eu não vou te ajudar.

Olha, filho, a vida dá voltas. Um dia pode ser o senhor a precisar.

Você está me ameaçando?

Não, claro que não. Só estou...

Está, nada. Você disse que é um homem de bem.

E sou. Sou, sim senhor...

Então, se um dia eu precisar de você, sei que vai me ajudar. Vai me ajudar mesmo que eu não compre essa merda. Mesmo que eu não goste dessa tua cara. Não é assim que agem os homens de princípios?

O senhor tem razão. Eu não lhe negaria ajuda.

E tem mais uma coisa. Como você acha que poderia me ajudar?

Como eu disse, a vida dá voltas.

Sabe, eu ia te mostrar uma coisa mas você não merece.

Isso é o senhor quem diz.

Vai embora logo, vai.

Só quero dizer uma última coisa ao senhor, se o senhor me permite.

Não, não permito.

Ele sai.

Até a porta se fechar, seus olhos permanecem em mim.

Puxa vida! Ela diz. Pensei que tinha sumido!

Que aconteceu, se cansou do paraíso?

Pior que você quase acertou.

Se cansou?

Não, mas fui do paraíso ao inferno.

Sabe, eu também estou com problemas.

A vida é dura. Chuto.

X-tudo?

Pode ser.

E para beber, o de sempre?

Isso, faça isso. Ela vai. Sem que ninguém perceba, tiro o olho do bolso. O deixo escondido em minha mão. Direciono para sua bunda. Hoje a calça é de lycra.

Puta que pariu.

Ela quase rasga. A lycra entra com tudo no rego. Desenha cada detalhe. Sem que eu possa conter, com a outra mão aperto o pau. Ela volta sorrindo. Acho que ela sabe o que tem. Traz mais um, por favor.

Outro?

É. É para eu levar para o trabalho.

Não quer que eu pegue na hora que o senhor for sair? Assim você leva ele geladinho.

Não. Quero agora.

Tá bom.

E não me chame de senhor, você sabe o meu nome.

Tá legal.

Ela vira. Dessa vez ela empina ainda mais o rabo. Aperto bem forte o pau. Nisso ela vira o rosto em minha direção. Me flagra. Minha cara não pôde esconder. Ela solta um sorriso. Meu pau quase não cabe nas calças. Ela finge que a lata escapa. Põe a mão na cabeça como se praguejasse, mas aí ela se curva para valer. Puta que pariu! Puta que pariu!

Ela volta e fala baixinho: O que que o danadinho estava olhando?

Você. Esse teu corpo. É perfeita. Você é um sonho. O paraíso é você. Essa tua bunda é demais.

Ah! Só a bunda?

Não. Você todinha.

Ela vai buscar o lanche, vira fingindo pegar algo.

Rebola bem devagarzinho. Juro, meu coração quase para.

Hoje eu largo às dez. Hoje é sexta-feira. Ela diz.

Por que você não me pega pra gente ir tomar uma cervejinha?

Mas não aqui, num outro lugar.

Não posso. Escapa. É que não pode ser assim. Penso. Se começar dessa forma, ela virá com as cobranças. E eu prefiro pagar para ver.

Eu não quero casar com tua bunda.
Eu quero comprá-la pra mim. Penso.
Você é casado?
Não.
Porque, se for, eu tô fora.
Não, eu não sou casado. É que tenho um compromisso.
Negócios, você sabe.
Você trabalha com o quê?
Imóveis. Chuto.
Devolvo o olho ao bolso.
Me traz mais um refrigerante.
Agorinha mesmo! Ela vai.
Puta olho da sorte.
Com a mão no pau faço um vai e vem.
Ela demora de costas. Vai na pia do outro lado.
Lava a lata demoradamente. A pia é baixa.
A bunda empina até não poder mais.
Ejaculo com força. Até fecho os olhos.
O gemido, procuro conter. Tremo de fraqueza.
E esse, qual é?
Mostro a capa.
Geleia de quê?
Rococó. Glauco Mattoso, *Geleia de rococó*.
O Glauco escreve na cadência que eu penso.
O Glauco trata a escatologia como deve ser tratada.
Com amor.
Dou a bala de framboesa.
É para melar tua boca. Ela ri com a cara disforme. Melado, saio.

O lanche cai mal. Pior é que nem me lembro de ter comido. Ao menos deu tempo de avisar a mocinha: Por enquanto ninguém entra nem sai. O lanche faz jus a seu nome. X-tudo. Dou a descarga. Tudo volta. O vaso se enche e transborda. Puta que pariu. Agora não tem mais o ralo. Como vou parar essa merda? Como vou limpar essa merda toda? Se eu chamar a mocinha, ela vai saber que isso tudo é meu. Não, não culpo você, olho da sorte. Foi descuido meu mesmo. Tiro as meias. A cueca. A camiseta que está sob a camisa, para evitar o vento no peito. Junto tudo a dois rolos de papel higiênico. Tento conter a vazão. Consigo. Tudo vira uma espécie de fétido papel machê. Entreabro a porta e peço à mocinha que me traga um daqueles sacos de lixo. Dos grandes. Acho que é de cem litros. Ponho tudo no saco. Amarro bem. Lavo as mãos por seguidas vezes. Pronto. É só não usar mais aqui. Se eu não usar, o banheirinho vai se conter. E o cheiro nunca mais vai voltar.

    Ele entra. Desculpe o cheiro. Sei que esta será a última vez que pronuncio essa fala. Vamos ver o que tem aí. Ele permanece imóvel. Olho na direção de seus olhos. Ele chora.
    Ah! É você de novo.
    Por favor. Por favor, compre a caneta.
    Já disse que não.
    Então me diga o que o senhor quer que eu faça para conseguir o dinheiro. Ué!? E os tais dos princípios?
    Eu faço o que o senhor quiser.
    Pego o telefone. A mocinha atende. Chama o segurança.
    Não! Eu faço o que o senhor quiser! Por Deus, me ajude!
    O segurança entra.
    Não pergunta nada.
    Olha para mim.
    Eu sinalizo com a cabeça para o sujeito chorando.
    O segurança já lhe mete uma gravata.

O velho bate os joelhos no chão.
Tira esse merda daqui.
A porta se fecha.
Tiro o olho.
Fito o olho.
Vamos lá, amigão, mostre serviço.

É hora de ir. Fim de mais um expediente. Me controlo para não ir tomar a tal da cervejinha com a dona bunda. Mas vacilo. Porque hoje é sexta. Porque amanhã é sábado. E eu sei, mais do que ninguém, que amanhã ninguém entra e ninguém sai. Mas, se eu for, estrago tudo. Depois vem as cobranças. Eu sei. Mulher é tudo igual. Não adianta você ser sincero. Elas sempre querem mais. E aí logo mandam o convite pra gráfica. E, mesmo lutando, vou para casa ligar a TV. Já do lado de fora do prédio, misturo o saco preto aos demais.

Na TNT é um dia de cão outra vez.
Ajusto a pupila do olho. Para ela poder ver.
No 63 Harvey Keitel. Eu gosto.
Eu só não gosto das pessoas de verdade. Aí eu não gosto de ninguém. Pego cerveja na geladeira. Com panetone talvez caia bem. Sei que já é fevereiro, mas no mercado era promoção. Volto à sala, vejo o olho no chão. Ou rolou e caiu, ou não gostou do filme. People and Arts tenta explicar Dylan.
E no National Geographic um lugar muito pobre e bonito.
Alinho o olho em mim.
Esta vai ser uma longa noite.
Me pego no banho. Pensando no bar outra vez. Rosebud.
De volta à TV. Spock analisa uma esponja do espaço. Tal-

vez seja isso. Não, não pode ser. Lembrava do que o homem disse... Acho que foi o que levou o violino para vender. Pensei num círculo vicioso. Ele disse que o cheiro era meu. Ele disse isso na minha cara. O pior é que isso, de certa forma, me atingiu. Círculo vicioso não é. Pensei, vejo a bunda que me alimenta, alimenta os sonhos que não tenho. O preço para poder ver é comer o lixo daquela comida. A comida sempre cai mal. Sendo assim, o ralo fede. Ou seja, a bunda faz o ralo feder. Mas não é isso. Isso não funciona assim. Pois, mesmo antes que eu pudesse perceber a bunda, o ralo já fedia. Disso eu tenho certeza. Quer dizer, estou quase certo disso. No Cartoon um desenho barulhento. É verdade. Eu tenho quase certeza absoluta de que o ralo já fedia mesmo antes de eu ter descoberto a bunda. Acho que sim. E não é a bunda que faz o ralo feder. Não é não. E se fosse? Se fosse, eu iria ter que fazer um grande sacrifício. É. Eu ia ter que escolher entre ver a bunda e aguentar o cheiro, ou não ver a bunda para o ralo não feder. Acho que, se esse fosse o caso, eu iria preferir suportar o fétido odor. Não. Mas aí, de tanto inalar a merda, eu ia acabar lesando o meu cérebro. E aí teria que coabitar com o vulto. E isso não ia dar certo. Mas não tem nada a ver.

A bunda tá fora disso.

Bem que eu queria estar entrando aqui, agora, com a bunda ao meu lado. Mas elas são todas iguais.

Logo o convite estaria na gráfica.

As gráficas deveriam se respeitar mais.

No 63 *Ratos e homens*. Esse filme não deveria existir. O livro é preciso. É perfeito. Me desculpe, John Malkovich. E olha que eu gosto de você. Porque você não é de verdade, e, se fosse, eu não queria ser você. Nada se compara às palavras que em síntese Steinbeck compôs. *Homens e ratos* no papel é um tapa na cara. No filme não passa de um exercício ruim.

Johnny Bravo leva na cara de novo.
No 80 uma mocinha também.
Um farto jato branco e grosso.
Disco o velho número, apesar do telefone ser de teclas.
Chama, chama, chama.
Rosa e Azul está torto.
Tem uma mocinha que trabalha para mim. Ela vem todos os dias, de segunda a sexta. Por sorte, quando eu não estou. Ela tem as chaves. Ela ajeita as coisas. Ela lava a louça. Ela sempre deixa *Rosa e Azul* fora de esquadro.
Endireito.
Vou para o quarto. Focalizo o olho em mim.
Apago o abajur.
Acordo quando sinto alguém se deitar ao meu lado.
Ainda meio dormindo, penso: Deve ser um sonho.
Esqueço.
Esqueço que nunca sonhei.

Pela cara do teto sei que são seis.
Sei que é sábado.
E tudo o mais, sei.
Hoje não vou passar o dia aqui.
É isso mesmo.
Vou dar uma volta.
E então já estou no banho.
O pão de fôrma mofou.
Pão de fôrma. Pão deforma. Associo.
Nem o café vou fazer. Hoje vou passear.
E aí já estou no carro.
Saio da garagem. Só não sei para qual direção.
Ainda é cedo.
"Porque hoje é sábado."

Paro no posto. Tem uma dessas lojas novas.

"Loja de conveniência".

Nomezinho estúpido. Antigamente não existiam essas coisas. Me pergunto qual é a loja que ofereceria inconveniências. Pedras para pôr no sapato, mau cheiro para o ralo, esmalte para encravar unhas, coisas assim.

Pelo menos tem café *espresso*. E aquele monte de chocolatinhos e caramelos importados. Há pelo menos sete tipos e formas diferentes de balas de framboesa. Pego um de cada. E, qual não é a minha surpresa, o balcão de revistas já traz a nova edição da *Revista dos Astros*. Pego também. E aí já não tenho mais o que fazer. Mas é então que me lembro.

Volto ao caixa.

É uma mocinha bonitinha.

Vocês abrem cedo.

É vinte e quatro horas, senhor.

Quer ver uma coisa? Tiro para fora e mostro para ela.

Que é isso?

Um olho, não está vendo?!

Credo! Que coisa feia.

Ah! Deixa pra lá. Vou.

Dou umas voltas com o carro. Tudo fechado. Então, religo a TV. Falo com uma voz engraçada: A TV a cabo é vinte e quatro horas, senhor. Boto o olho no seu lugar preferido. Ia até a estante, mas acabei voltando. Resolvo dar só uma olhadinha na *Revista dos Astros*. Abro no horóscopo.

Qual será o signo da bunda?

Acho o meu.

Tem um desenho bonitinho de um carneirinho. Leio.

"Com Marte transitando por seu signo, em harmonia com Plutão, será um período de decisões sobre o projeto de vida e ações estratégicas. Se estiver só, aproveite a primeira quinzena para conhecer pessoas. Também poderá tornar seu relacionamento mais sensual. Estará atraente, em busca de emoções intensas. Haverá dificuldade de concentração no trabalho, mas as relações estarão favorecidas. Relaxe. Tornará seu cotidiano mais divertido se ficar menos preocupada com os resultados que, de qualquer forma, serão positivos."

Fico imaginando uma senhora ariana com câncer no cérebro recebendo toda essa carga positiva. Ponho a revista, cuidadosamente, ao lado do olho. Não quero que ela perceba que folheei seu presente. Nem mesmo seu futuro, marcado no horóscopo. Associo. Se fosse levar a sério, a bunda promete, mas o cheiro ainda vai me desconcentrar.

O Gordo e o Magro continuam a passar.

No 62 uma diligência passa também.

Enquanto Scooby-Doo, no Cartoon, late.

Me pego com o olho na mão. É perfeito.

Procuro imaginar a cara de seu primeiro dono.

Meu estômago faz um barulho engraçado.

Toinhonhonhioin. Como uma mola.

Vou da cozinha para a sala. Volto para o mesmo lugar. Pego as chaves e saio. O centro está deserto. Não gosto daqui no fim de semana. Estaciono na garagem, onde pago uma vaga mensal. Ando até a lanchonete. Para minha surpresa, está aberta. Espiono de longe. Espreito por trás da banca de jornal. Não a vejo. Espero.

Olha ela lá.

O balcão esconde seu único dom.

Quando percebo, já estou sentando, no meu lugar.

Você!?

Eu.

Que surpresa. Sai um x-tudo. Ela grita.

Agora vou ter que engolir.

Vou buscar sua Coca. Ela ri. Com uma cara de puta. E vai. Confere se eu estou olhando. Se curva. A bunda sobe. Ela usa uma minissaia vermelha. Suas pernas são torneadas e fortes. Quase vejo a calcinha.

E então, hoje nós vamos tomar aquela cervejinha?

Não tive tempo de responder. Acho que pensei demais.

Voltei com ela falando.

Escuta aqui, meu filho, qual é a tua? Você não é desses tipos esquisitos, é? Serial *quila*, *viado*, sei lá, essas coisas?

Eu não devia ter entrado.

Não deveria ter vindo. Nada disso fazia parte dos meus planos.

Só me cabe uma resposta.

Vamos, sim.

Vamos tomar uma cerveja.

Ela ri. Se revela cada vez mais. Ela deveria ser diferente. Isso tudo atrapalha os meus planos. Não era para acontecer dessa forma. Ela devia ser mais acanhada, mais coitadinha. Aí eu pagava. Aí ela me mostrava a bunda meio contrariada. Porque precisava da grana. Eu tinha o poder e estava no comando. Ela está quebrando as regras.

Eu pagaria para ver sua bunda.

Quanto?

O quê?

Caralho, eu falei!

Quanto, seu safado?

O quê, quanto o quê?

Quanto você paga para eu te mostrar a bunda?

Engulo seco. Será que eu falei ou será que ela leu os meus pensamentos? Fala, vai.

Agora eu quero saber, quanto?

Chutei alto.

Então é essa a tua tara? Diz! É essa a tua fantasia?

Não. Essa é a minha realidade.

Sai! Sai daqui, seu cachorro!

Só porque você tem dinheiro pensa que pode tratar qualquer mulher como puta? Você não percebe que eu te mostraria de graça? Sai daqui, seu cachorro, senão sou capaz de meter a mão na tua cara.

Saio. Arrasado.

Ela me desmontou. Ela é mais esperta do que eu pensei. Não sei onde estou. Não me lembro dessa rua. Tudo foi tão rápido. Foi tudo tão irreal. É difícil acontecer algo que eu não tenha previsto.

É o olho.

Esse olho é do azar.

Estou olhando para a tela.

A TV desligada.

O olho no chão fui eu que joguei.

Estou confuso.

Como pude deixar aquilo acontecer?

Eu era o dono da situação.

Tudo isso fui eu que criei.

A revista e as balas ainda aguardam sua vez.

Estão sobre a mesinha, como eu as deixei.

Hoje é sábado.

Eu não saio aos sábados.

No fim de semana é sempre assim, não sou eu quem dá os preços.

E agora?

Acho que já é domingo.

Nem pensar eu pensei.

Areia nos olhos.

Estou em estado de choque.

Ele entra.
A sala não fede nem cheira.
Ele bota algo na mesa.
Abro a gaveta. Pago.
Não há nada a explicar.
Hoje não tem "mostre e conte".
Hoje não tem o olho de meu pai.
Quando percebo, já é outro.
Não entendo o que tem em sua mão.
Pago.
E então já é outro.
E então já é outro dia.

E aí a TV.
A TV e o olho.
Ninguém liga.
Ninguém sonha comigo.
Ninguém nunca sonhou.

3
Voltando

Eu já sei o que foi que aconteceu. Não foi culpa do olho. Coitado. É que eu andava estressado. Por isso eu absorvia o sentimento das coisas. Porque tudo o que eu compro tem história. Tem sentimento. E eu, cansado, acabava os absorvendo para mim. É como no caso do olho. Coitado. Não era ele quem me trazia má sorte. Eram os sentimentos nele contidos. É isso. E no fundo, em relação à bunda, foi melhor assim. Porque, se por um lado não a vejo, por outro tenho me alimentado melhor. O cheiro se foi para sempre. E meus pensamentos voltaram a fluir. Voltei aos livros. E, hoje, me sinto bem. Não existe mais vulto. Meu sono se regularizou. É isso aí. É claro que ficaram resquícios. Mas é coisa pouca. É café-pequeno.

Tiro o fone do gancho. Pode mandar entrar.
Ele entra.
Traz num embrulho uma porção de soldadinhos de chumbo.
Finjo emoção.
Mostro-lhe o olho, conto como meu pai o perdeu.
Relembramos, juntos, Monte Castelo,
Monte della Torracia, Monte Gorgolesco
e Monte Belvedere. Cota 977. 1ª DIE.
O Terceiro Batalhão,
Sexto Regimento de Infantaria
e Primeiro Esquadrão de Reconhecimento.
Viva os pracinhas! De pé, juntos gritamos!
De pés juntos. Associo.
Brasil! Brasil! Pátria amada! Gritamos.
Cantamos. Salve, salve!
"Japonês tem quatro filhos..."
Ele em plena emoção me abraça.
Ele lutou com meu pai.
Ele até se recorda da granada e de seus estilhaços.
Foi ele quem quase salvou sua vida.
Foi por pouco. Afirma.

Arriscando a própria.

Puta que pariu! Grito eu.

Salve, salve, aleluia! Grita ele.

"O primeiro foi tintureiro, o segundo foi vagabundo..."

Eu o convenço de que os soldadinhos não devem ser vendidos.

Isso é uma coisa que não tem preço.

Pego um elástico, na gaveta de cima.

Enfileiro um grupo deles.

Vou para trás.

Faço a mira.

Atiro.

Faço BUM com a boca. Dois são atingidos.

Ele pega o elástico e toma distância.

Agora é minha vez! Ele faz CATAPUMBA! Acerta três de uma vez. Brincamos por horas seguidas. Ele atesta o passado que inventei. Penso em recriar minha vida toda. De trás para a frente. De hoje até o dia em que nasci. Como no horóscopo. Como na *Revista dos Astros*. Só que ao contrário. Eu prevejo o passado. Vou levá-lo para tomar um café. Saímos abraçados. Na recepção muitos aguardam por mim. Que esperem.

Falo bem alto:

Este é o meu amigo.

Ele quase salvou a vida de meu pai!

Ohhh! Todos soltam em uníssono.

Vejam! Grito. Vejam todos!

O olho de meu pai passa de mão em mão.

A mocinha parece assustada.

Traga café para todos.

Tiro um punhado do bolso.

"Quem quer dinheiro?!"

Hoje seria o dia impresso no convite da gráfica.

Distribuo cigarros.

Todos me abraçam.
Todos gostam do meu dinheiro.
Hoje, eu gosto de todos.

Ando de bar em bar.
Não busco apenas uma comida rápida e barata. Não.
Sou um ser refinado. Quero mais do que o básico.
Busco um lugar que me ofereça uma vista agradável.
Um bom panorama.
A comida é o que menos importa.
Busco algo mais.
Restaurante com vista pro cu.
Nada de couvert.
Não me importa a entrada.
Hoje não tenho hora para nada.
Hoje eu sou mais eu.
Entro, dou uma olhadinha nos pratos e depois confiro o que vou assistir. Este não é bom o suficiente.
Este é luxo demais.
E, "De tanto dir y venir",
concluo que não há nada que se compare a minha boa e velha bunda. Acabo comendo uma empada, num desses qualquer.

Ele entra.
Traz um maço de cigarros, vazio.
Que porra é essa? Tá vendendo?
Vira. Ele diz.
E lá estava.
Rabiscado com uma esferográfica azul,
com ponta de tungstênio...
STEVE MCQUEEN.

Onde você conseguiu isso?
Faz um tempo, foi numa viagem.
É interessante, mas isso não vale nada.
Tento desacreditá-lo.
Que é isso, senhor?! Isso vale, e muito.
Não aqui. Mas pelo visto você gosta de coisas exóticas.
Exóticas?!
Digamos, raras. Artigos de celebridades.
Eu estou afiado hoje. Penso.
Raridades são sempre interessantes.
Então veja isso, com os seus próprios olhos. Saco o olho.
Puxa! Acho que isso é o que poderíamos chamar de exótico.
Sabe a quem pertenceu?
Não faço ideia.
Àquele cantor, o Camaleão, como é mesmo o nome?
Cantor camaleão?
É. O caolho.
Deixe eu pensar, deixa eu pensar... Cantor de ópera?
Não. De rock. David, David... Finjo não lembrar.
Não conheço.
Coito interrupto, filho da mãe. Mentalizo.
Deixa pra lá.
Entra outro. Traz uma pesada Olivetti. Tem até o manual original. Línea 98, *instrucciones* para uso. Eu adoro fazê-los voltar quando trazem coisas pesadas.
Ah, não! Outra dessas não!
Ai. Não me diga que o senhor já tem muitas dessas?
Uma sala cheia.
Ai, meu Deus do céu. E agora?
Sinto muito. Você veio de carro?
Carro?! Que nada. Vim de ônibus.
YES!!! Vibro por dentro.
Tive que pedir pro cobrador deixar eu subir por trás.

Você sabe, né, senão como ia passar na catraca?
Puxa, sinto muito. Só para piorar, solto.
Olha, eu te juro, se tivesse uma dessas a menos, eu até que podia pegar essa sua. Mas... tsc, tsc, tsc...
Hoje eu sou mais eu.
Grito bem alto:
PRÓXIMO!!!

Ela entra.
É uma gracinha.
Raciocino rápido e bolo meu ato improvisado.
Acho que o Steve despertou meu eu ator.
Você!? Finjo reconhecê-la.
Me desculpe, senhor, acho que está me tomando por outra pessoa.
Não. Eu não me esqueceria de você.
Iiiiiih!
Ela solta, como quem diz:
Não me venha com essa conversa fiada.
Sou uma mulher séria e compromissada.
E o senhor me conhece de onde?
Daqui.
Não. Daqui é impossível. Eu nunca estive aqui antes.
Esteve. E eu posso provar.
Olha, moço, você está me confundindo com outra e eu estou começando a não gostar do tom dessa conversa. Sou uma mulher de respeito, CASADA...
Então o que você me diz... disto?!
Grito, ao mesmo tempo que saco o olho do bolso e o aproximo ao máximo do seu.
AAHHH!!! Ela grita, pulando para trás.
Eu jamais esquecerei o dia em que esteve aqui e, instan-

tes antes de fugir, o olho saltou de sua órbita e rolou pelo chão.

Você está louco!? Isso é o quê? Algum tipo de piada? É pegadinha? Não, minha Cinderela do olho de cristal.

Ela desce o braço na minha cara.

Caramba! Essa sabe bater.

Eu vou contar para o meu marido, seu louco!

Por que será que a loucura perturba tanto as mulheres?

Tento consertar. Seguro lentamente em seu braço, solto um sorriso indefeso. Me desculpa?! Por favor? Eu só estava brincando.

Nervosa, ela desaba num choro fininho.

Tenta esconder seu rostinho.

Treme, assustada, como um daqueles bichinhos do Discovery Channel.

É que tenho pensado, vivemos num mundo tão carrancudo.

Ninguém sorri para ninguém.

Então eu tento brincar com as pessoas. Eu só quero vê-las sorrir. Ela me olha com uma carinha tão engraçada. Com a cabeça, concorda com cada palavra que digo. Pego o fone, traga água com açúcar e um café. Ainda emendo um "faz favor". Sente-se, minha senhora, acalme-se, por favor.

A água, eu prefiro com adoçante.

Como quiser.

Eu estou bem, me desculpe. É que eu ando tão nervosa, com tantos problemas. Ela diz tudo isso meio choramingando com uma voz fininha e trêmula.

Quer conversar? Me finjo solícito.

Não, não, tudo bem.

A mocinha entra assustada, com a bandejinha na mão. Serve o café e a água. Me olha como quem vê o cão, e sai.

Pronto, tá mais calminha? Minha voz sai tão doce.

Estou, estou, sim. Nossa! Seu rosto ficou vermelho do tapa que dei.

Tudo bem. Eu exagerei.

Não, quem exagerou fui eu.

Vamos, me mostra o que a senhora trouxe para que eu possa reparar o meu erro.

Eu trouxe esse reloginho aqui.

Que mimo, forço.

É bonitinho, não é mesmo?

Um encanto.

O senhor é tão doce.

oh!

Forço para valer.

Quanto você acha que esse relógio vale?

Não sei! Esperava que o senhor me fizesse uma oferta.

Tudo bem, deixe-me ver... Que tal tanto?

É mais ou menos o que eu tinha imaginado.

Mais, ou menos do que a senhora tinha imaginado?

É até um pouquinho mais, na verdade.

Então tá, eu te pago o dobro do que acabei de ofertar.

Ai, o senhor não imagina como vai me ajudar fazendo uma coisa dessas. A senhora está mesmo atravessando um período difícil, não está?

Ai, nem me fala. Suspira.

Então, para reparar o meu erro, vou pagar ainda mais. O queixinho dela treme, e ela volta a chorar. Toco de leve em seu ombro, bem de leve... Ainda não é a hora de atacar. Dou a volta na escrivaninha e abro a gaveta. A senhora é uma moça fina, isso eu notei logo que a senhora entrou. Ela pega o dinheiro sem jeito, mas com vontade. Estende sua mãozinha delicada. Trocamos um aperto de mão. Claro que, ao sentir a maciez de sua palma, imagino-a segurando em outro lugar.

Quando ela se dirige à porta, eureca!

Que rabo!
Quase deixo escapar.
Espera.
Que foi?
Você ia esquecendo o relógio aqui na mesa.
Ela faz uma cara surpresa.
Não pense que não notei o quanto a senhora gosta dessa peça.
Mas?!
Ele é seu. Deve ter tanta história.
Pego o relógio e me dirijo até ela.
Por favor, aceite. Seu queixinho treme de novo.
O senhor é tão bom. Como um pai... Deságua, outra vez.
Senta no colinho do papai, senta.
Juro que isso eu só penso.
Quando precisar, estarei aqui.
A semente está plantada.

E então já estou novamente em casa. Neste exato momento, deveria estar no altar. Ligo a TV. Foi um dia divertido, isso eu não posso negar, mas agora, talvez por cansaço, já não consigo atuar. Estou realmente exausto. Chego a dormir no sofá.

Ouço o barulho da porta. Alguém tentando entrar. Tento levantar. Não consigo me mover. Meu corpo não reage a minha vontade. E para minha surpresa ela entra. É a mocinha, a doméstica. Mas que horas são?

Ai, que susto!
Que horas são, minha filha?
Nove e meia.
Ai que susto, doutor. Pensei que era o vulto.
Como eu fui perder a hora? Sempre acordo às seis,
é o meu relógio biológico. Que foi que você disse?

Quem você pensou que fosse?
Nada, não.
Fala, criatura!
Eu estou te fazendo uma pergunta.
Não, sabe o que é?
É que outro dia, quando cheguei, eu abri a porta e vi.
O quê?
O vulto sentado aí no sofá.
Como assim, vulto?
Vulto. O senhor não sabe o que é um vulto?
E aí você viu o vulto, e o que aconteceu depois?
Nada. Eu fiz o sinal da cruz e comecei a trabalhar.
Acendo um cigarro. Estou confuso, cansado.
Espera que eu vou passar um café.
Não dá, eu estou muito atrasado.
É rapidinho, rapidinho.
Fico sentado. Me perco em pensamentos ou em ausências.
Volto com o perfume do café.
Já está quase pronto!
Ela grita.
Mesmo se não estivesse, com esse cheiro, eu ia esperar.

Ligo para a mocinha, a recepcionista, aviso que não vou trabalhar.

Ela pergunta se eu estou bem, digo que sim, quer dizer, mais ou menos. Ela diz que havia me achado estranho, abatido, amarelo.

É. Deve ser uma gripe, concluo.

O café é indescritível.

Você usou o mesmo pó que eu uso?

É.

Não pode ser. Eu nunca tomei um café como este em toda a minha vida.

Ah, não brinca, eu fico com vergonha.

Eu estou falando sério.

Traz outro. Forço um "por favor".

Ela volta.

Sabe, essa noite deveria ter sido a minha lua de mel.

O senhor desmanchou o noivado, não foi?

É. Como é que você sabe?

Ah, é que eu arrumo a casa. E antes sempre tinha alguma coisa dela.

Ou no banheiro, ou no quarto, ou na sala.

Que coisa, como assim?

Primeiro, só de entrar, eu já sentia o perfume.

É. Ela era mesmo cheirosa. Sempre perfumada. Era moça de família boa.

Tinha sempre cabelo dela na cama. No ralo do banheiro enchia.

É.

E sempre ela esquecia um brinco, ou uma presilha de cabelo.

Ah, e tinha também as fotos nos porta-retratos.

Ela era bonita, não era?

Ela era linda. Moça fina.

É.

Por que vocês desmancharam?

Pode parecer estranho, mas foi por causa do cheiro do ralo.

Como assim?

É uma longa história. Só para simplificar, é o seguinte:

Onde eu trabalho, tem um banheirinho na minha sala, e vinha um cheiro ruim.

E daí, o que isso tem a ver com a relação de vocês, ela reclamava do cheiro?

Não. Não é isso. É que esse cheiro me deixava confuso, irritado.

Eu pensei que ela reclamava.

Os homens não gostam quando a gente reclama.

E eu acabei descontando essa irritação nos outros, na minha vida, sei lá.

E por que o senhor não mandou consertar? Às vezes é o sifão.

É. Eu fui deixando passar.

O senhor tem tanto dinheiro, isso não deve custar muito caro.

É. Eu fui deixando passar.

Eu não podia imaginar que o cheiro fosse me deixar assim, meio doente.

Eu reparei mesmo que o senhor anda meio amarelo.

É. As pessoas falam isso mesmo.

Falam que estou amarelo e que eu pareço com o rapaz do comercial.

Isso é mesmo. Eu até falei isso para a minha comadre.

Esse do comercial é a cara do meu patrão.

A vida é assim mesmo. A gente vai deixando as coisas pra lá, e as coisas vão crescendo, crescendo. No começo a gente não quer brigar porque é coisa pouca, mas aí vai crescendo, crescendo. É que nem a panela de pressão. Uma hora explode.

Olha, você falou tudo. Sabe, no meu trabalho, quando eu comecei eu tinha que ser forte. Eu tinha que ser frio. Porque eu compro as coisas dos outros, e tinha que oferecer o mínimo possível, para ter o meu lucro.

E, no começo, eu ficava com pena das pessoas. Mas eu não podia ter pena, senão eu nunca ia chegar onde eu cheguei. Então eu fui ficando mais frio.

E onde foi que o senhor chegou? Assim, sendo frio.

No inferno. De Dante, associo.

Pior que fui da pena ao prazer.

E agora o senhor sente remorso?

Não. Acho que não.

Vou te confessar uma coisa.

Eu acho que eu nunca consegui, realmente, gostar de ninguém.

Isso deve ser triste.
Acho que não. Acho que *triste* não é a palavra certa.
O senhor quer outro café?
Quero.

Ele entra.
Ele tem uma voz engraçada.
Ele traz uma medalha de ouro.
Ele diz: Eu já fui campeão.

O olho vai perdendo o encanto. Como tudo o que adquirimos.
Tudo se incorpora ao todo, e é então que o encanto se desfaz.

Disco o velho número.
Chama, chama, chama.

Ando por trás da banca.

Ela entra.
Ela treme.
Eu pago.
Ela pergunta pelo olho de meu pai.

E então já é outro dia.
Eu pago.

E então ninguém entra nem sai.

4
Ciclo

Tomo coragem. Encho o peito e entro.

Já faz um bom tempo. Vou direto ao balcão.

Pois não?

Pois não!? Me pergunto. Como assim, pois não?

Vai querer o quê? Pergunta estendendo uma folha.

Um xerox imitando um cardápio. Incrédulo, chego a ler:

X-egg, tanto.

X-bacon, tanto.

X-vinagrete, tanto.

Ela olha para a minha cara. Parece que nunca me viu.

O senhor se parece com aquele cara do comercial do Bombril.

Você não está lembrando de mim, ou o quê?!

Eu te conheço?

Se ela está fingindo, finge muito bem.

Sou eu, caramba!

Não se lembra de mim?

Desculpa, eu deveria lembrar?

Talvez ela lembre.

Eu, eu comia aqui todos os dias.

É que tem tanta gente que come aqui.

Mostro para ela, segurando com as duas mãos.

Rubem o quê?

Fonseca, Rubem Fonseca! *Feliz ano novo*.

Nunca li. Só gosto de ler revistas.

A *Revista dos Astros*, complemento.

É essa mesmo. Concorda.

Não é possível que você não se lembre de mim.

E por que eu deveria lembrar?

Talvez ela lembre.

Framboesa.

Quê?

Bala de framboesa. Não te diz nada?

Olha, moço, eu não posso ficar aqui com essa conversa mole, vai querer o quê?

É difícil acreditar.

Eu não quero nada. Eu só queria me desculpar. Eu sinto sua falta.

Seu rosto não denuncia nada. Pedra. Como uma pedra.

Eu não sei se você não se lembra de mim, ou se você não quer lembrar, ou ainda se quer fingir não lembrar. Eu só estou aqui para dizer que sinto muito pelo que disse, talvez você saiba sobre o que estou falando. É isso. Eu sinto muito. Eu não queria ter dito o que disse. Pelo menos, não da forma que disse. Não da forma que ficou parecendo. Eu não tive chance de me explicar. Eu... não sei. Era tudo tão forte o que eu sentia, que eu não pude conter. É isso.

O senhor é um bocado esquisito.

Olha, sem saber como explicar, neste instante falo o seu nome.

De uma só vez.

Flui, numa dicção precisa.

Ela começa a rir.

Tá rindo do quê?

Do senhor, ha, ha, ha.

Eu tenho cara de palhaço, ou o quê?

O senhor está se confundindo.

O senhor está me confundindo com a outra que trabalhava aqui.

Como assim? Não é possível.

Será que não lembro como era o seu rosto? Conjecturo.

E isso foi há quanto tempo? Quando foi que ela saiu?

Ah, eu já estou aqui faz uns vinte dias.

E para onde ela foi?

Eu não faço a menor ideia.

Vira. Ordeno.

Como?
Por favor, você poderia se virar? Virar de costas.
E por quê?
Só para eu ter certeza.
Ela vira, dá uma volta rápida de trezentos e sessenta graus.
Imitando uma modelo de passarela.
Corro ao caixa. A moça de fato não é ela.
Vai querer as balas de framboesa?
Não. Eu quero o endereço da moça que trabalhava aqui.
Como é que eu vou saber?
Nos registros, pegue os registros dela.
Você não está falando sério, está?
Claro.
E você acha que registro os funcionários?
Acha que eu arco com o fundo de garantia,
férias e décimo terceiro salário?
E não?
Se eu fizesse isso, estaria falido.
Além disso, elas ficam aqui no máximo um mês.

Saio correndo pelas ruas. E então já estou em minha sala outra vez. Entro no banheirinho e me agacho ao lado do ralo que eu mesmo tapei. Estou chocado. Raciocino, eu estava ofendido por ela não se lembrar do meu rosto, e no fundo era eu quem a confundia com um rosto qualquer. Se eu tivesse que fazer um retrato falado, só poderia descrever o seu cu?!

Às vezes pareço um monstro insensível.
Insensível, foi isso que ela falou que eu era.
Tiro o olho do bolso.
Esfrego em minha camisa.
Preciso devolver sua vida. Olho. Olho, se lembra de mim?
Olho, deixe de ser parte do todo.
Volte para mim.

Recupere seu encanto. Lembre de mim.
Faça com que eu deixe de ser parte de seu todo.
Olho! Olha eu aqui.

Ele entra.
Nossa! O senhor está amarelo.
Eu ouço, mas não sei o que dizer.
Não consigo reagir.
Não se lembra de mim?
A frase dispara o meu coração.
Olho. Olho com esforço.
Quase cerro os olhos tentando me concentrar.
Talvez ele esteja brincando comigo.
Talvez saque um olho do bolso e tente me assustar.
Mas eu sou mais eu. E, mesmo estando confuso, saco primeiro.
Pulo para a frente com o olho na mão. Aperto contra o seu rosto.
Ele tenta escapar.
Cerro o punho.
O olho se guarda sobre minha cerrada mão.
Ele sai da cadeira e se esquiva para trás. Eu o empurro com força. Ele vai de encontro à parede. Ele colide com força. Eu bato minha mão em sua cara. Faz um barulho engraçado.
Bato outra vez.
O olho está seguro em sua carapaça.
Minha mão. Bato com mais força.
O sangue espirra.
Salpicando a parede.
Ele cai.
Chuto sua cara.
Ele faz um "aiaiaiai" engraçado.

Chuto por vezes seguidas.
Eu trouxe o relógio outro dia. Algo assim ele grita.
Não entendo.
Na hora não entendo o relógio.
A mocinha abre a porta assustada.
Cobre a boca com as mãos.
Deve ter entrado por causa do barulho.
Ele, ele tentou me roubar.
chame o segurança! chame a polícia!
Ele não devia ter cruzado o meu caminho.
Ela sai correndo. Assustada.
Chuto outra vez.
Vai ser a sua palavra contra a minha.
Sussurro em seu ouvido.
Ele não fala.
Ele se encolhe até não mais poder.
Que foi que aconteceu? Isso quem diz é o segurança.
Chame a polícia. Eu digo.
Ele tentou me roubar.
Corro à sala ao lado. Destranco. Está apinhada de coisas.
Procuro, procuro.
Encontro o revólver numa das inúmeras caixas.
Jogo perto de seu corpo encolhido.
O segurança arregala os olhos.
Doutor... isso vai acabar com a vida desse coitado.
Abro a gaveta.
Pego um bolo de notas.
Enfio em seus bolsos.
Ele me agrediu. Você viu, não viu?
O segurança não tem escolha.
O segurança ganha mal. Eu sei.
Sou eu quem lhe paga o salário.
E aí já é polícia para tudo o que é lado.

E então, o senhor vai dar queixa?
Deixa pra lá. Digo eu.
Volto à gaveta. Distribuo dinheiro.
Consertem tudo pra mim.
Eles chutam ainda mais o velhote.
Todos querem bater.
Todos batem também. Batem tão bem. Associo.
O tenente me puxa de lado.
E então, como foi que ocorreu?
As palavras não saem de minha boca.
O senhor tem histórias. Conte a que preferir. É tudo o que sei.
Com mais um pouco de notas, tudo está em ordem.
Outra vez.
Só a mocinha me olha assustada demais.
Dou umas notas para ela também. Vai para casa, menina.
Amanhã já vai estar tudo bem.
Ela tem medo de mim.
Ela é mais esperta do que aparenta.

Sabe, olho, você é engraçado. Digo isso enquanto o alinho à TV. Os Três Patetas se martelam e se amam. Multishow, Poirot outra vez. Você me acha amarelo? Disco, e o velho número atende.
Fico mudo, nem sei o que dizer.
Alô?! Alô?! É você?! É você, seu desgraçado?!
Ela chora. Deve estar fazendo aquela cara engraçada.
O que você quer? O que você quer, de mim?
Eu não sei.
Fique longe de mim, seu monstro!
Ela tem medo de mim.
Pego uma esferográfica azul. Igual à que o Steve assinou.

Ando até *Rosa e Azul*. Faço bigodes. Faço cavanhaque. Pinto um dente também. Vou para o quarto.
    EU TROUXE O RELÓGIO OUTRO DIA.
Talvez fosse Ziran.
Deito.
    EU TROUXE O RELÓGIO OUTRO DIA.
Ai dor tu o oi gole ro exu or tu é.
    AI DOR, TU O OI. GOLE RO EXU OR TU É.
Ai, dor, teu olho. Um gole pro Exu que tu és.
A mecânica dos sonhos.
É assim que se compõem.
Eu causo a tua dor.
Eu e o meu olho.
Bebo.
Bebo o teu sangue.
Sou o Exu.
Sou o mal.
Invento o meu sonho.
Eu não tenho nada.
Eu não tenho nada a perder.

E então já é outro sábado.
Desta vez, sem TV.
O manequim de vime,
Anatole France.
Talvez um dos livros que eu mais gostei.

"Sentiu-se infeliz por culpa sua. Porque todos os nossos verdadeiros desgostos são interiores e devidos a nós mesmos. Pensamos erradamente que eles vêm de fora, mas é dentro de nós mesmos que eles se formam, da nossa própria substância."

E sobre a substância discorre, no, talvez, mais preciso trecho que já ousei ler. Talvez no trecho mais próximo que alguém já ousou a chegar. Próximo do próximo.

"...Bergeret olhou atentamente, ora para os in-quarto encostados à parede, ora para sua mulher, que os substituíra na cadeira e pensou que esses dois grupos de substância, por muito diversos que fossem quanto ao aspecto, natureza e uso, tinham conservado por muito tempo, quando um e outro, o dicionário e ela, flutuavam ainda em estado gasoso na nebulosa primitiva. — Porque, enfim, meditou ele, minha mulher boiava no infinito das idades, informe, inconsciente, esparsa em leves clarões de oxigênio e de carbono. As moléculas que um dia haviam de compor este léxico latino, gravitavam ao mesmo tempo, durante as idades, nesta mesma nebulosa, donde haviam de sair por fim monstros, insetos e um pouco de pensamento. Foi preciso uma eternidade para produzir o meu dicionário e minha mulher, monumentos de minha triste vida, formas defeituosas, por vezes importunas. O meu dicionário está cheio de erros; Amélia contém uma alma afrontosa num corpo obeso. É por isso que não é de esperar que uma nova eternidade crie finalmente a ciência e a beleza. Vivemos um momento e nada ganharíamos em viver sempre."

Parece que o olho gosta quando leio em voz alta para ele.

Ele entra. Ele me olha com uma cara estranha. Devo estar amarelo.
Me lembro de Macunaíma. Lembro de Kafka. Associo.
Me imagino virar japonês.

Sim, senhoro. Falo.
Dou no ar um golpe de caratê.

Ele entra. Alguns livros nas mãos.
Põe aí, sobre a mesa.
São bons livros. Ele diz.
Desculpe o cheiro.
Tudo bem.
E não é que hoje voltou a feder? Me surpreendo.
É então que ouço o barulho da água.
Me levanto e vou até o banheirinho.
Splash, splash, splash.
O vaso transborda.
Ih! Deve ser o sifão.
Todo mundo diz isso.
A água não para.
Molha meus sapatos.
Molha os sapatos dele.
Ele olha para mim.
Eu olho para ele.
É melhor fechar o registro da água e chamar um encanador.
É melhor.
O cheiro é forte, hein?!
É. E costuma piorar. Falo eu.
Leve os livros de volta. Volte outra vez.
O que o senhor me der por eles tá bom.
Volte outra vez.
É que eu não pretendia voltar com eles.
Você está de carro?
De carro? Não. Estou de ônibus.
Pede para o motorista deixar você subir por trás.
É o que eu vou ter que fazer.

Olha. Tem até merda voltando.

É. Faz que nem a merda, volta outra vez.

Posso deixar os livros aí e voltar amanhã?

Não, não pode não.

Sabe, eu vou ter que mandar quebrar tudo.

Todo o encanamento deve estar entupido. Ele procura me consolar.

E sabe do quê? Eu pergunto.

Tá ruço. Diz o encanador.

Também, algum imbecil cimentou o ralo.

É, sabe quem foi? Fui eu.

Leigo. Leigo é fogo. Vocês se metem no que não devem.

Nunca querem gastar. Aí dá no que deu.

Você fala um pouco demais para um encanador, não acha?

Eu falo o que eu penso.

Fala demais para um leigo.

Eu não sou leigo não.

Não. Eu não estou dizendo que você é leigo na arte da merda e do sifão.

Então no que é que eu sou leigo?

No falar.

Ah, é?! E o que você está tentando dizer com isso?

Eu não estou tentando. Eu estou dizendo.

Ih, caralho! Parece que só tem noia hoje em dia.

Eu vou te explicar.

Você não sabe o que fala.

E, principalmente, não sabe com quem fala.

Bela bosta.

Estou dizendo.

Bom, o papo tá bom, mas o negócio é o seguinte.

Vai ter que quebrar tudo.

Então eu vou dizer o que é que você vai fazer.
Arranca a privada e cimenta o buraco.
Eu tô falando, leigo é foda.
Se eu cimentar essa merda, vai entupir os canos todos.
E aí vai ser merda pra tudo que é lado.
Pelo prédio inteiro. Tá entendendo?
Eu não quero saber o que vai acontecer depois.
Eu estou falando o que você vai fazer.
É isso que você quer?
É.
Então vamos fazer direito. Eu quebro o piso,
interrompo o ramal, deixo só esse lateral,
que é o ramal do prédio que leva ao esgoto.
Aí, cubro o piso.
Se o senhor quiser, isso vira um quartinho ou tipo um closet.
É você quem não entende.
Quanto isso vai me custar?
Eu preciso fazer um cálculo.
Tá bom.
Enquanto você calcula,
vai arrancando o vaso e cimentando o buraco.
O senhor só ia gastar menos, agora.
O senhor não resolve seu problema assim.
Se fizer assim, depois vai ter que pagar o prejuízo dos outros.
Porque, assim como o senhor quer, a merda vai voltar.
Aqui ela não volta.
Aqui não! Mas vai vazar em tudo que é andar.
Mas aí o problema é deles.
Eu tô falando pro senhor que não é.
E eu estou falando que é.
Leigo é uma merda.
A merda é que é uma merda. Eu preciso.
Eu não estou dizendo que você não sabe falar?

Você nem sabe qual é o problema aqui.
Então por que o senhor não me diz?
Os ralos, e todos esses canos,
parecem ser apenas um lugar para onde os dejetos e a água vão.
Mas não são. Esses buracos são na verdade outra coisa.
Ah, é? E o que são?
São portais.
São os portais do inferno. E é por eles que nos observam.
Ele fica coçando a cabeça.
Ele age como se eu fosse louco.
E depois de muito tempo,
que eu gastei com um estúpido ignorante, ralé,
resolvi não querer seus serviços.
Se o que eles querem é me observar.
Se o que querem é enlamear minha mente.
Se o que eles querem é me deixar doente.
Eu mesmo tapo o portal.
Pego o telefone e encomendo vários metros de areia e sacos de cimento.
E não esqueçam de mandar as pedrinhas. É isso mesmo, cascalho.

Bando de incompetentes. Converso com o olho.
Ele demonstra mais interesse na Mulher Biônica do que em mim.
É difícil quando todos estão contra.
Acabo me deixando levar por um filme bobinho.
O mocinho procura a mocinha.
Depois de uma briga.
Ela sumiu.
Acho que me identifico.

Foi assim que ocorreu.
Entre mim e a bunda.
A saudade chega a doer.
Rosebud.
Até disso fui privado.
Fui privada.
Associo.
Acordo com um cheiro ruim.

Ele entra. Traz uma sacola, dessas de feira, repleta de utensílios de estanho. Chuto. Acha pouco. A vida é dura. Esses objetos têm história. Desculpe o cheiro.
O cheiro de merda.
Vem do ralo.
O cheiro do ralo.
Sinto um estranho prazer ao dizer isso.
É quase como se me reencontrasse.
Comigo.
Quer ver uma coisa?
Mostro o olho.
Ele fica encantado.
Era o olho do meu velho pai.
Que Deus o tenha. Ele diz.
Que Deus o tenha. Digo eu.
Ele sai.
Ela bate e entra.
O material de construção chegou.
Material de destruição. Corrijo.
Agora não.
Põe num cantinho da sua sala.
Manda o próximo entrar.
Talvez o cheiro seja meu.

Esse cheiro tem história.
Foi o cheiro que me trouxe a bunda.
É um presente do inferno.
É minha perdição.
Quero a bunda de volta.
O cheiro até que cai bem.
Somos o que somos.
Quando tinha o cheiro, eu era feliz.
Embora só os ingênuos acreditem numa coisa dessas.
Eu mesmo dou um tapa na cara.
Na minha.
Esse foi por você.
Ela entra.
Ela treme.
Ela pergunta se pode trazer algo num outro dia.
Ela não tem nada a oferecer.
Eu preciso da grana.
A cabeça balanga.
Você sente o cheiro?
Eu só preciso de um pouco.
Eu juro que trago algo da próxima vez.
Quer dinheiro, não quer?
Eu preciso.
Ela toda balanga.
Me mostra a bunda.
Me mostra a bunda, que eu te dou.
Se eu mostrar, você dá?
Dou tanto.
Jura?
Tiro o olho.
Ponho sobre a escrivaninha.
Juro pelo olho do meu pai.
Ela não desconfia que faço isso para ele também poder ver.

Ela abre a calça.
Ela vira e então abaixa até os joelhos.
Baixa mais. E baixa a calcinha.
A calcinha também?
Claro. Senão como é que vou ver tua bunda?
Ela baixa.
Ela é seca. A calcinha é igual de criança.
Ela é osso e pele caída.
Nem na Etiópia poderia ser miss.
Ela é toda hematomas.
Posso vestir?
Não.
Vira, quero ver a xoxota.
Ela vira.
Levanta a blusa.
Ela levanta.
Nem ovo frito é.
Fica assim.
Quero gozar olhando você.
Triste figura.
Ela treme.
"Para bailar la bamba." Canto.
Pega um pouco de papel no banheiro.
E vem me limpar.
O poder é afrodisíaco.
Ela vai.
O cheiro me dá poder.
O cheiro e o olho. O olho ficou vidrado. Associo.

E então já estou vendo TV.
No Discovery dois ratos disputam território.
Eles arrancam pedaços.

Eles sangram.
Eles sangram magenta.

E então já é sábado outra vez.
O porteiro interfona.
Tem uma caixa para o senhor.
Uma caixa?
É. É Sedex. Chegou ontem, mas, como o senhor chegou muito tarde...
Traz.
Ouço o elevador chegando.
Não sei por que gosto desse som.
VUUULLLUUUULLLPIT.
Já estou na porta.
É mesmo uma caixa.
Entro.
Não conheço o remetente.
Abro.
No susto deixo cair.
Ele pula para fora da caixa.
Ele é horrível.
Asqueroso.
É um sapo marrom.
Marrom-escuro.
Bem escuro.
E é de verdade.
Que brincadeira sem graça.
Ele se vira para mim.
Sua cara parece assustada.
Sua boca foi costurada por alguém.
É macumba.
É macumba, eu sei.

Dentro deve ter um papel com meu nome escrito.
É assim que é a macumba.
Isso é coisa da ex.
Me pego abraçado aos joelhos.
Os pés sobre o sofá.
No 62 um homem é baleado.
O sapo ainda olha pra mim.
Eu sei que em sua boca costurada está o meu nome.
Sei que tem um papel.
Com meu nome.
Ou será o do steve mcqueen?
Não quero o meu nome na boca do sapo.
Isso não é nada bom, eu sei.
Mas não sei o que fazer para tirá-lo.
Isso eu não sei.
Pulo por trás do sofá.
Pegar com a mão eu não vou.
A ideia vem rápido.
Estou na área de serviço com a vassoura nas mãos.
O olho me assiste assustado.
Calma, pai.
Calma que já vou resolver.
Dou a volta.
Eu não vou pôr as mãos nesse bicho.
Isso eu não vou.
E depois retirar ponto a ponto.
Não. Isso não.
Parece que ele me procura.
Mas não pode me ver.
Estou bem atrás de suas costas.
Acerto em cheio.
Essa você tinha que ver.
·Bato de novo tão forte,

Que os pontos se rompem de vez.
No outro certeiro golpe,
Arranco para fora tudo o que dele é ser.
Sai o papel, e entranhas.
Virei o infeliz pelo avesso.
Ele se esforça tentando comer.
Buscando talvez refazer.
Agora ele não mais me assusta.
Pego o papel.
Está dobrado em quatro.
É pequeno, como os do amigo secreto.
E então, mesmo meio borrado, posso ler.

ESTIVE NO INFERNO E LEMBREI DE VOCÊ

Sapo suvenir.
Suvenir do inferno.
Varro para a caixa o sapo do avesso.
Jogo no lixo.
Suvenir do além.
Isso é coisa da ex.
Ex.tive.
Ex.tive no inferno.
Ex.tive McQueen.
Disco o velho número.
Alô? É você?
Nada falo.
É você, seu desgraçado?!
O olho espera que eu fale.
O olho já não mais faz parte do todo.
O olho voltou a viver.
Um dia vou te mostrar o inferno.
Um dia você vai ver.

Você é um doente, um louco!
Um dia eu vou aí, até sua casa.
E aí, para o inferno, eu vou te devolver.
Ela desliga, na minha cara.
Como se nela batesse.
Ninguém desliga na cara de um homem.
Dessa vez é o olho quem diz.

Ele entra. Entra e faz uma careta. É o preço. Isso eu penso. Isso eu penso pensar. Ele traz abotoaduras e outros não sei o quê. Chuto. Ele aceita. Abro a gaveta. Quer ver? Entrego o olho em suas mãos. Esse olho é o olho do cão. Do Diabo. Ele me olha sem fé. Infeliz. Isso eu penso pensar. Quer ver? Dou o papelzinho em sua mão. Tava costurado na boca do sapo. Ele não crê. Me dá vontade de bater na sua cara. Isso eu creio pensar. Hoje não tem mais livro, "Eh, José", hoje não tem livro não,
   "Eh, João."
Estive no inferno e o quê?
Olha a pergunta que esse analfabeto me faz.
Semianalfabeto. Corrijo. Afinal ele leu metade da frase.
Sentença.
Sentença é melhor.
Lembrei de você. Respondo.
Ele conta o dinheiro.
Ele quer me dar a mão.
Olha que eu puxo você. Isso eu penso.
Te arrasto comigo.
Aí vai ser você a lembrar de alguém.
A gente sempre lembra de alguém quando chega no inferno.

Eu nem sei há quanto tempo não almoço.

Fico aqui sentado.

Só inalando.

Eu não vou tampar o vaso.

Eu vou é abrir o ralo.

A mocinha entra. Eu nem lembrava que a tinha chamado pelo fone. Dou a chave. Vai lá, vai, filhinha. Entra na sala e procura um ancinho. Ou algo pontudo. Pode ser uma faca. Vou abrir os caminhos.

"Highway to hell".

Ela volta. Traz um bruta facão.

Você gosta de viajar?

Ela finge que não escutou.

Ela tem medo de mim.

Gosta?

Quê?

Você gosta?

De quê?

De perfume de bosta?

Ai, que horror!

Ela se caga de medo de mim.

Eu não gosto de perceber que alguém tem medo de mim.

Não se deve alimentar o monstro.

Senão ele cresce. Penso que penso.

Eu me sinto meio como no clássico.

Nem me lembro quem escreveu.

O médico e o monstro.

Penso que penso.

Hoje o senhor está mais amarelo.

"O médico e o doente." Corrijo o pensamento.

"O monstro e o doente."

Esse sou eu.

Amarelo.

Por que você tem medo de mim?

Eu?
Não, o pneu.
Nisso eu já estou agachado futucando o ralo.
Com a faca na mão.
Arrebento a crosta.
O ralo é o olho do inferno.
O inferno só tem um olho.
O inferno e meu pai.
O senhor não tem nojo?
Nojo do quê?
De ficar assim de joelho, nessa água com xixi e cocô?
Que bonitinho, você fala "cocô".
Eu preciso ir. Tem gente lá fora. Esperando.
Vai. Vai.

Ela volta.
É sua mãe.
Quê?
É a mãe do senhor.
Fala pra ela ligar outra hora.
Ela vai.
Ela volta.
A mãe do senhor disse que quer falar agora.
Fala que agora tem gente na fila.
Ela vai.
Ela vem.
A mãe do senhor pediu para eu falar do médico.
Tá. Eu já sei.
Eu já sei.
Dá licença, então.
Espera aí. Você gosta?
Do quê?

Do perfume da bosta?
Ai, credo!

Quando levanto os olhos, vejo o doutor.
O consultório é cheio de livros.
Mas esses livros não são como os meus.
Esses livros não têm histórias.
As gráficas não deviam fazer esse tipo de livro.
Esses livros não deveriam ser lidos.
Esses livros nos tiram a história.
Esses livros não me deixam ser eu.
Esses livros só trazem receitas.
Receitas de um gosto amargo.
Você vai ficar bem.
Sim, senhor.
Mas não deixe de tomar os remédios.
Os remédios ajudam você.
Que seria dos médicos se não fossem os exames, os remédios, e esses livros que eles não leem?
Eles nunca resolvem nada.
Eles só sabem mandar a gente cagar no potinho.
E larga esse cigarro.
Você não precisa disso.
Você precisa caminhar um pouco.
Fazer exercício.
Manda um abraço para a sua mãe.
Ela é uma pessoa notável.
Não esquece de levar a receita.
Eu vou mudar um dos medicamentos.
Tem uma droga nova que é um espanto.
Minha mãe não quer que eu tome drogas.
Essa aqui, ela quer.

Vou passar umas vitaminas também.
E por que é que eu estou amarelo?
Amarelo?
É. É o que todo mundo diz.
Isso é bobagem. Você não está amarelo.

Esses livros nada sabem do ralo.
Esses livros não têm emoção.
Esses livros pensam saber do que sou feito.
Esses livros de um fazem todos.
Esses livros falam dos outros.
Esses livros não falam de mim.
Esses livros desmentem as palavras.
Esses livros não creem no Diabo.
Esses livros não acreditam em Deus.

Posiciono o olho. O olho gosta de ver os casais do 80.
Amanhã eu termino de desobstruir o ralo. Vou me reconectar com o meu eu verdadeiro. *Rosa e Azul* ficou ainda mais belo. Ficaram parecendo com as filhas do Mazzaropi. Rosebud. É difícil quando estão todos contra mim. O telefone toca. Atendo antes mesmo disso. Alô? Digo eu. Do outro lado ninguém. Ninguém fala nada. Ninguém fala nada com nada. Eu estive no inferno e lembrei de você. Depois de dizer isso, desligo. Você está sentindo isso também. Pergunto ao olho. Ele confirma. Ando lentamente até o banheiro. Ele me achou. O cheiro sobe do ralo. O cheiro me infesta o nariz. Aspiro. Aspiro fundo. Algo ou alguém passa rapidamente atrás de mim. Viro de forma instantânea. Só dá tempo de captar o vulto.
A vida é um ciclo.

5
Estive no inferno e lembrei de você

Ele entra. Ele traz um microscópio. Eu gosto dos microscópios. Eles revelam um mundo à parte. Eles enxergam o que nem o meu olho vê. Nem o meu, nem o de meu pai. Chuto. Ele aceita. Desculpa o cheiro. Quer ver uma coisa?

Na hora do almoço *cavoco*. Falta pouco. A faca perdeu sua ponta.
De tanto cavar.
Faz tempo que não como nada.
Num dia desses eu volto ao boteco. Quem sabe ela não volta também?

Ele entra. Ele traz um instrumento de sopro. Nunca sei qual é qual. Se é saxofone ou corneta. Oboé ou sei lá o quê. Nem sei se oboé é de sopro. O que sei é que piano é de percussão. Isso eu li em algum livro. Às vezes, só às vezes, sinto falta de imagens nos livros. Porque eles descrevem os instrumentos de sopro mas eu não consigo entender. Nunca sei qual é qual. Eles sempre falam dos instrumentos de sopro. Principalmente os que passam na era do jazz. O Ellroy cita muitos. Sei que valem um bom preço.
Mas eu chuto baixo.
Ele aceita.
Ele não pode escolher.
Tem um cheiro ruim.
É. E vai piorar. É do ralo.
Vem do ralo do banheirinho ali.
Puxa vida. E o senhor tem que suportar esse cheiro o dia todinho.
É. A gente se acostuma.
Será? Será que até a isso nós conseguimos nos adaptar?

Claro que sim. Afinal, não somos a espécie mais maravilhosa de toda a natureza? Claro que somos. Não é mesmo?
É o que falam.
Pois então. Uma de nossas principais características
é a nossa possibilidade de nos adaptarmos às adversidades.
É o que dizem.
Quer ver uma coisa?
Se eu não estiver tomando o seu tempo.
Claro que não.
Veja.
O olho.
É bem-feito, né?
É. É uma perfeição.
Que outro animal poderia fazer algo tão perfeito assim?
Ah. Acho que nenhum.
Então.
Nós conseguimos beirar a perfeição.
E que outro animal poderia viver com isso,
com uma coisa dessas, enfiada no meio da cara?
O senhor está certo outra vez.
Você não faz ideia de quantas coisas chegam aqui todos os dias.
Não consigo nem imaginar.
Pois é. E são coisas das mais variadas formas e tamanhos.
E as cores? Cada coisa com uma cor diferente da outra.
Então? Que outro animal tem esse poder?
Qual é a outra criatura que dispõe em seu meio de uma variedade de acessórios e adereços assim?
Não tem nada assim no mundo. Não tem, não senhor. Ninguém tem tanta coisa como a gente.
Temos um mundo à parte. Criamos um mundo à parte.
Um mundo para nos servir.
Nós temos tudo o que o mundo pode nos oferecer.

E, mesmo assim, ainda criamos diariamente algo novo.
Que outro animal tem isso?
Nenhum, não senhor.
O cachorro tem?
Não. O cachorro não tem.
A girafa, a girafa tem?
Não, a girafa não tem, não senhor.
E a formiga? A formiga que se julga tão esperta, ela tem?
Não.
O galo?
Também não.
E as baleias, elas têm?
Muito menos. Porque elas vivem na água. E aí ia molhar tudo.
Então eu estou errado?
Não. Não, senhor. O senhor está coberto de razão.
Deus criou o mundo, mas fomos nós quem o tornou confortável.
Hum, hum.
Com todas as coisas que agora o mundo pode nos oferecer.
Pense nas poltronas, macias e aconchegantes.
Poltrona é uma coisa confortável mesmo. O senhor tem razão.
E nossas roupas?
Passa a mão neste paletó aqui. Passa, pode passar.
E então, é macio?
É. Lisinho, lisinho.
Nós somos o deus do conforto.
É, mas a gente encheu o mundo de coisa ruim também.
Como assim? Que coisa ruim?
Ah, sei lá, senhor. O lixo. O lixo, por exemplo.
Você não entende?
O quê?
O lixo é bom.

É?
O lixo é o troco.
É o troco, é?
A gente faz o lixo para ocupar os desocupados.
Pode ver, o que seria dessa gente toda se não existisse o lixo?
Eu não sei, não senhor.
Tem um monte de vagabundo.
Tem um monte de gente desocupada.
É tudo gente que não gosta de conforto.
Eles não tomam banho, isso é verdade.
É, eles são diferentes de nós.
Eles são?
São. Eles não se interessam pelas boas coisas da vida.
Não?
Não.
E é por isso que inventamos o lixo. Para distrair essa gente toda.
É?
É.
Pode ver como eles se distraem catando latinha ou vasculhando o lixo.
Mas nós destruímos a natureza.
Isso, porque podemos recriá-la.
E, além disso, o que seria desses ecologistas?
Eles não iriam ter nada para fazer.
Nós damos um pouco de distração para eles também.
É? Eu nunca tinha pensado dessa forma.
Pois pense.
É assim que é.
É assim que o mundo funciona.
Você nunca leu Mauro dos Prazeres?
Não.
Então procure nas livrarias.

Procure o *Eu corrupto*.
Aí você vai entender como o mundo funciona.
Eu vou procurar. Vou procurar.
É isso, meu amigo.
Procure.
E não se preocupe com nada.
Nós damos um jeito.
Tem remédio para tudo.
Me desculpe, senhor, mas para tudo não tem.
Claro que tem.
Não. Para o câncer não tem.
É que o câncer é outro tipo de vida.
E, você sabe, a vida precisa viver.
É como uma guerra, entendeu?
É como o mundo dos bichos.
É como a vida na selva.
Vence o mais forte.

Ela entra. Ela treme. Ela não fala nada. Ela é toda vergonha.
Ela nem me olha, com os olhos que nunca me olharam.
Ela põe um prato na escrivaninha. Um prato desses, comum.
Eu só tinha isso.
Eu não tinha mais nada.
Tudo, tudo o que eu tinha eu já dei para o senhor.
Nãnãnãnã! Você nunca me deu nada.
Eu sempre paguei.
É. Tudo o que eu tinha eu vendi para o senhor.
Eu pedi para você me vender?
Não. Pedir não pediu.
Então por que vendeu?
Porque eu precisava.
Não. Vendeu porque quis.

Foi ou não foi?
Foi.
Então diga, eu vendi porque quis.
Eu vendi porque eu quis.
Muito bem.
Mas esse prato aqui não vale nada.
Esse prato não tem valor.
É que eu preciso do dinheiro.
Se você precisa do dinheiro, você sabe que tem que me dar algo.
Não. Daquilo eu não gostei.
E por que não?
Eu não me senti bem fazendo aquilo.
Bom, então traga algo que valha mais.
Eu não tenho mais nada.
Só esse prato.
Esse prato eu não quero.
Então eu vou fazer. Mas só porque preciso da grana.
Vai ser a última vez.
Você é quem sabe. Eu nunca te obriguei a fazer nada. Obriguei?
Não. Obrigar o senhor não obrigou.
Mas eu fiz contra a vontade.
Mas assim é que é mais gostoso.
Isso só se for para o senhor.
É claro que é para mim.
Afinal de contas quem está pagando?
Dessa vez faço ela ficar peladinha.
É pele e osso para tudo o que é lado.
Mando ela virar.
E lá estava a história toda.
Numa única letra.
Todos os livros do mundo.

Toda a história da vida.
Nas costas, na altura do ombro.
De cor escarlate.
M.
Como em Düsseldorf.
Tal e qual Fritz Lang mostrou.
M escarlate.
Era pagar para ver.

Ela diz que nasceu com aquilo.
Marcada até morrer.
Estigmatizada.
Com a letra do mundo.
M escarlate.
Escolhida a dedo.
Eleita.
Todos têm sua letra.
Poucos podem ver.

M.
Como em neon.
Logotipo das trevas.
Não para os maçons.
M.
Como Raoul Ruiz nos mostrou.

Tudo faz sentido.
Ela pede para se vestir.
Pago o preço.

Tudo faz um estranho sentido.

E, depois de forçar mais um pouco, o cimento cedeu.
Foi pura emoção esse nosso reencontro.
O cheiro subiu encorpado. Nas narinas até me ardeu.
Sei que, no fundo no fundo,
meu cheiro também lhe desceu.
De tão profundo,
até o pensamento rimou.
Somos o que somos.
Isso alguém me falou.

Ele entra.
Ele faz uma careta.
Essa será a nova senha.
Para entrar, tem que fazer cara feia.
É o preço.
Esse é o preço para sentir o cheiro do inferno.
Nossa Senhora! Que cheiro ruim!
Fede, não fede?
Ô! E como.
Você come?
O quê?
Você que falou, "fede e como".
Ah! O senhor é um brincalhão!?
Eu brinco.
Olha o que eu trouxe. Vamos ver se o senhor consegue avaliar.
Ele mostra um estojo de compasso. E diz:
Esse é de precisão.
Não me diga, é mesmo? Finjo.
Se o senhor quiser, pega aí um pedaço de papel.
Não, eu acredito em você.
Mesmo assim, pega aí um pedaço de papel para o senhor ver uma coisa.

Arranco uma folha do bloco de notas.

Faz o senhor mesmo para ver.

Faço.

um círculo.

Exclamo, ironicamente fingindo surpresa.

Viu que perfeito?

É. É como naquela música, como é mesmo?

"E num simples compasso faço o mundo." Cantarolo.

É ou não é de precisão?

É.

Eu já fui desenhista, hoje em dia o computador faz de tudo, mas no meu tempo, ó.

Balança as mãos no ar.

No meu tempo era tudo na mão.

E para que lhe servia o compasso?

Como assim?

Se você fazia o círculo na mão, pra que o compasso?

Não. Não é que eu fazia com a mão. Eu fazia com o compasso.

E hoje eles fazem no computador, entendeu?

E como eles, hoje em dia, operam o computador?

Como assim?

Não é com as mãos?

Ele tenta valorizar seu material.

Eu sei depreciar, muito bem.

É, com as mãos. Mas não é a mesma coisa. Não é como no meu tempo.

O seu tempo passou. Penso.

E eu era desenhista técnico.

Porque pra mim essa história de "desenho artístico" é desculpa de quem não tem o domínio e a destreza da técnica. Isso é coisa de quem não sabe desenhar para valer.

Sabe o que é curioso?

O quê?

É que, enquanto você falava, eu fiquei tentando lembrar um único nome de um desenhista técnico. Mas só me veio à mente o nome desses que, segundo você, não sabem desenhar. Da Vinci, Michelangelo, Chagall, Rubens, Picasso, Donatello, Rembrandt, Mantegna, Caravaggio, Goya, Bosch...

Você seria capaz de citar apenas um nome de um grande desenhista técnico? Só para me refrescar a memória.

Claro! Aqui mesmo, no Brasil, temos o grande Gervásio Moretti. Sem falar no Da Vinci, que fazia o que fazia porque era desenhista técnico também.

Nunca ouvi falar. Gervásio? Mas, também, eu não sou um homem de muita cultura. Vivo aqui, negociando o valor das coisas. E, por falar nisso, chuto tanto. Chuto baixo, bem baixo.

O senhor está louco! Isso é um instrumento de precisão.

Eu sei. Mas, como você mesmo disse, hoje em dia quem saberá operá-lo?

E, além disso, quem vai querer um compasso se hoje temos o computador?

O senhor é mesmo bom de conversa.

A conversa é o material de precisão do meu ramo.

A conversa é o meu compasso.

Com a conversa eu desenho o meu mundo.

Eu construo o meu mundo.

É. Pode até ser, mas essa mixaria que o senhor ofereceu...

Faça o favor!

E olha que o que ofereci ainda foi muito.

Ele sai. Furioso. Se aceitasse a oferta,

perderia a crença em tudo o que o sustenta.

Eu deveria ter oferecido um pouquinho a mais.

Só para vê-lo desabar.

Eu nem lembrei de mostrar o meu olho.

Ele entra. Faz cara feia. Agora já pode passar. Isso eu penso. É a senha.

Traz uma caixa cheia de ferramentas.

Se nós quebramos, alguém tem que consertar. Brinco eu.

É verdade.

Chuto.

Ele coça a cabeça.

Tá legal.

É a lei.

A vida é dura.

Tá uma fedentina danada, deve ser o sifão. Não é não?

Não. É do ralo.

Ah!

Quer ver uma coisa?

Depende.

Mostro o olho de longe.

Isso eu quero.

Nunca que eu tinha visto um olho de vidro.

"Do olho de vidro e da cara de mau." Cantarolo.

É igual ao que tem na nota do dólar.

NÃO. Não é não. Esse olho não é o do dólar.

É igual, eu falei. Ele falou.

Tem uma pirâmide, e na pirâmide tem um olho. Igualzinho esse aqui.

Eu sei. E é por isso que eu digo que não é este aqui.

Porque, na nota do dólar, é o olho de Deus.

E este daqui é o olho do outro.

Entendeu?

Ela entra.

Será que o senhor se lembra de mim?
Pode ser um jogo. Faço que sim com a cabeça.
Ela faz uma careta horrível.
Vou perdoá-la. Ela deu a senha. Ela é muito educada, nem fala do cheiro.
Mas sentir ela sente. Basta olhar sua cara.
Os olhos franzidos.
Na escrivaninha, meio camuflado, está o olho.
Percebo que fita o nada. E, então, discretamente o alinho.
E nesse momento me recordo sua cara.
Fico muito feliz em revê-la. Falo com uma voz afetada.
Ela balança o pulso do bracinho esquerdo, me mostrando o relógio.
Lembra?
Claro. Faço os olhos piscarem seguidas vezes. Ajo afetado.
Tento parecer desprotegido. Mantenho a boca entreaberta, num quase sorriso.
A senhora trouxe algo?
Não me chame de senhora, por favor.
Ela me ensina o seu nome.
É um lindo nome. É o nome de minha mãe.
Jura?!
Claro que eu estou mentindo, mas a idiota cai como uma pata.
Que coincidência! Ela fala. Enquanto tenta desarmar a careta. Apesar do cheiro não colaborar.
Ela é muito educada. Ainda não mencionou o fedor.
Olha, hoje, infelizmente, vou ter que me desfazer dele.
Ameaça tirar o relógio do pulso.
Acho que eu sei o que ela quer. Ela acha que eu vou dizer, *por favor, não faça isso. O reloginho é seu. Toma um monte de grana.* É isso que ela quer. É isso que seus movimentos demonstram.
Mas hoje não vai ser assim.

Se no outro dia eu plantei a semente,
hoje é o dia de colher.
Ela põe, quase não consegue, o relógio sobre a escrivaninha.
Depois leva a mão ao peito, se fingindo assustada.
Ai! O olho!
Ela o vê.
Eu me assustei por um segundo. É que lembrei do outro dia...
Que brincadeira que eu fui fazer, não é mesmo?
Tudo bem.
Eu sei, paguei caro por isso. Isso eu penso.
E por que a senhora, corrijo chamando-a pelo nome, vai se desfazer do relógio?
Ai. É que, no momento, estou passando por tantas dificuldades.
Esse momento ao qual ela alude deve ser tempo pra burro.
Mas esse relógio, esse mimo, eu não sei quem lhe tinha dado de presente antes, mas da última vez fui eu quem lhe deu.
O pior é isso. Eu senti assim mesmo,
como se o senhor tivesse me dado.
Não me chame de senhor, você sabe o meu nome.
Ela diz não saber.
Diz que se foi da última vez com essa pergunta na cabeça.
Então digo o meu nome.
Pode parecer um pouco estranho o que eu vou dizer, mas eu até sonhei com o sen... com você.
Ela sonhou comigo. Foi isso que ela falou?!
Nunca ninguém sonhou comigo. Será que é verdade?!
Não só sonhei, mas fiquei com você em meus pensamentos. Me desculpe, eu não quero que isso fique parecendo, talvez, algo errado. Acho que o que estou tentando dizer é que o senhor, digo, você
me marcou.

M. Penso. Será que ela realmente sonhou comigo?
Eu sou tão grata a você.
Você disse que sonhou comigo, isso é verdade?
É. Juro.
Ela sonhou comigo.
Desculpe o cheiro, por favor. Eu estou com problemas no encanamento. Sem querer, me levanto e ando até o banheirinho. Por instinto arranco a toalha de rosto e me abaixo para com ela tampar a boca, o olho, do ralo. Quase automaticamente o cheiro desaparece.
Ai, obrigada. Eu tinha reparado no cheiro, mas não quis ser indelicada.
Não. Você não foi indelicada, nem por um segundo sequer.
Me assusto ao perceber que digo tudo isso de plena vontade.
Mas ela sonhou comigo.
De quanto você precisa? Digo isso já com um bolo nas mãos.
Ai. Não sei. Essa é a pior parte. No fundo eu não queria estar aqui por esse motivo.
Mas aposto que, se você não estivesse precisando do dinheiro, você não viria.
Por favor, não fale assim. Como eu poderia vir? Por que motivo? O que eu poderia alegar? Que passei apenas para revê-lo? Que estou aqui porque senti saudade? Que, durante todos os dias que se seguiram, eu não esqueci o seu rosto? Como eu poderia dizer uma coisa dessas? Afinal, eu sou uma mulher casada.
Desculpe. Eu não quis ser indelicado. É que por um instante pensei como seria maravilhoso se você estivesse aqui só para me ver.
Só para saber como eu estou. Só para me dizer que comigo sonhou.
Ela está de fato constrangida. Tenta com as mãos cobrir os olhos.

Mas parece que ela não consegue desgrudar seus olhos dos meus.

Ficamos em silêncio por alguns instantes. Tento controlar um impulso que me manda beijá-la. Estou confuso. Meu coração acelerado. Foi por instinto também que o olho guardei na gaveta. Todo esse sentimento, aparentemente mútuo, precisa ser melhor analisado.

Me diz uma coisa: você precisa do dinheiro, não precisa?

Infelizmente, preciso.

Meu casamento não vai muito bem. Meu marido gasta tudo no jogo...

"Então você acha certo um pai de família fazer uma coisa dessas? Gastar tudo no jogo." Recordo.

Olha, toma. Vou te dar o mesmo que dei na última vez.

Não. É muito.

Por favor, aceite.

Se eu não precisasse tanto...

Por favor, pegue. Eu não estou te dando. Quero que você faça uma coisa para mim.

Quero que você faça algo em troca.

O que você quiser. É só você pedir, que eu faço. Qualquer coisa.

Tenho medo de pedir.

Tenho medo de pedir e com isso destruir todo o encanto que surgiu, aqui, nesse momento. Isso eu penso.

Pede. Pode pedir qualquer coisa. Eu farei com gratidão.

Eu farei com carinho, eu juro.

Se eu pedir algo que de alguma forma a magoe, você me perdoa?

Claro. Pode pedir o que quiser.

Nada que você fizer ou pedir vai me magoar.

Eu sei que o que está acontecendo aqui, agora, não condiz com minha condição. Com a condição de uma mulher

casada. Mas, eu juro, no momento o que sinto é mais forte. Quero de alguma forma, seja ela qual for, retribuir-lhe. Não. Quero mais do que isso. Quero, não importa de que forma, fazê-lo feliz.
Pede.
Pede, por favor.
Nisso ela já se aproxima muito de mim. Está de joelhos no chão. Eu estou sentado em minha velha cadeira. Suas mãos, agora, seguram as minhas. São tão delicadas. São tão macias. São quentes. Sinto um conforto tão grande, que nada no mundo, nada no mundo das coisas, me proporcionaria.
Me esforço.
Não consigo evocar as palavras.
Sinto um medo extremo de novamente estragar os meus dias.
Pede. Ela fala baixinho. De uma forma tão carinhosa, como nunca alguém ousou se dirigir a minha pessoa.
Pede.
Você.
Ela aperta mais forte minhas mãos.
Você me conta o sonho?
Ela ri.
Ela ri com os olhos cheios de lágrimas.
Ela deita sua cabeça em minhas mãos.
É de emoção que ela chora.
Ela beija minhas mãos.
Com ternura.
Com tanta doçura.
Eu vou contar.
Eu vou contar para você, porque você é a criatura mais doce que poderia existir. Eu vou contar para você, porque você sabe como tratar uma mulher, com respeito. Com doçura, com encanto.
Ela segura minha nuca.

Seus lábios beijam minha boca.
Sinto um prazer indescritível.
Volto de algum lugar onde, por instantes, inexisti para então voltar outro.

Era como num jardim, um jardim muito amplo e luminoso. Eu andava de uma forma tão leve. Não sei o que fazia lá, não sei. E isso não importava. Afinal assim são os sonhos. No jardim havia um desses labirintos, que a gente vê nos filmes, um labirinto ornado com heras. Eu entrei por esse labirinto. Depois de um tempo, comecei a ficar assustada. O labirinto parecia não ter fim, e surgiu um vento que se tornava cada vez mais forte. De tão forte que era o vento, me curvei me agachando no chão.

E então eu cheguei por trás de você, e confortei-a pondo a mão em seu ombro.

Como é que você sabe isso?
Eu não sei como eu sei.
Como você poderia saber o meu sonho?
É incrível, ainda mais porque eu nunca sonho, nunca sonhei.
Mas, conforme você foi descrevendo, toda a imagem me veio voltando.
Isso não é possível. Eu nunca vi nada assim antes.
Muito menos eu. Muito menos eu, que não sonho e nunca sonhei.
Então você sonhou o meu sonho.
E você seria capaz de dizer o que acontecia depois que você pôs as mãos em meu ombro?
Claro. Claro que eu me lembro.

Você olhou para mim. Parecia mais calma. Eu a ajudei a se

levantar e te dei um abraço. Mas o vento ficou mais forte, e o dia se foi. Ficou tudo escuro. Então eu lhe disse...

Todo labirinto tem uma saída.
Todo labirinto tem uma saída.

Isso falamos em uníssono.

Depois permanecemos em silêncio. Nossas mãos continuaram apertadas.
Eu beijei novamente seus lábios.
E, por um longo momento, nos olhamos enlevados.
Acho que essa foi a experiência mais incrível que provei em toda a minha vida. A sensação de amor que eu sentia irradiava muito além de meu corpo.

Aí, ela se foi. Precisava ir embora. Por causa do marido e dos filhos na escola. Foi então que a coisa toda soou mais estranha. Pois eu me lembrei, foi isso que o bêbado, o mendigo me disse no parque.
Na pressa ela nem levou o relógio. Eu pedi o seu telefone, mas ela achou arriscado. Por causa do marido, e dos filhos e da escola.

E então já é sábado. De tão estranho que estou, só agora me dou conta de que esqueci o olho trancado na gaveta do escritório. Não me lembro do resto do dia de ontem. Nem me lembro de ter ligado a TV. Acho que já não sei de mais nada. Só sei que agora são seis. Será que em todos os labirintos sempre tem uma saída?

E então já estou no banho. E, em seguida, me dirijo à padaria. Desço do carro e compro uma grande variedade de pães e frios. Leite, eu pego o do tipo A. Compro os cigarros também. E aí estou em casa novamente. Preparo um café "reforçado", relembro Steve Martin preparando o seu. *Cliente morto não paga*. Então ligo a TV. Na mesinha de centro, desta vez, alinho o relógio. Já que ele eu não esqueci. Acho que nunca esquecerei. E, enquanto o alinho à telinha, é que leio seu nome completo. Está gravado na parte interna da pulseira. Tenho uma rápida ideia. E, já com a lista telefônica apoiada aos joelhos, procuro por seu sobrenome. E em qual letra mais poderia ser? M. Sei que não devo ligar. Pode ser arriscado.

Porque tem o marido, os filhos e a escola.

De todas as coisas que tive, as que mais me valeram, das que mais sinto falta, são as coisas em que não se pode tocar. São as coisas que não estão ao alcance de nossas mãos. São as coisas que não fazem parte do mundo da matéria. Quer dizer, tirando o meu Rosebud. Nele eu só não pude tocar porque as mãos não alcançaram de fato.

E então vêm como um flash. Talvez tudo isso seja algum efeito colateral dos remédios. Provavelmente da droga nova. Essa que até minha mãe me deixa tomar.

Me imagino a correr por um labirinto. Suas paredes são cobertas de heras. Corro em câmera lenta. Do outro lado, é ela quem vem. Em câmera lenta, assim como eu. Nos abraçamos e giramos, giramos, giramos. Tudo em câmera lenta. Aí, meu pensamento enquadra meus dentes. E num zoom se aproxima. E meus dentes são brancos, no pensamento. E deles sai um brilhinho. E o brilho faz PLIM. Entra uma voz muito grave. A voz diz: KOLYNOS. Hálito puro e refrescante. Volto após o reclame. Estou no banheiro. Devolvendo ao vaso tudo o que a vida me deu.

Nem sempre a vida é dura.

Mesmo sabendo do risco. Mesmo que o risco não seja meu. Disco o número que a lista me deu. No momento não podemos atender, deixe seu nome e o número de seu telefone após o bip, que retornamos assim que pudermos. Bip.

Depois eu me pego cantando. Canto uma música em inglês. "I just call, porque te aaaamo." A música é meio a meio. E até danço também. Tento rapidamente me recompor ao me ver refletido no espelho. Esse tipo de coisa acontece, procuro me desculpar. Embora isso seja verdade. Esse tipo de coisa realmente acontece. Com quem ama. Ou com quem toma esses remédios iguais aos meus.

Ou estou enamorado ou o remédio é bom.

Hoje é domingo.

Pede cachimbo.

Ele entra. Em suas mãos uma caixa muito bonita. Reluz seu verniz. Bom dia, meu amigo. Isso ele diz. Põe a bugiganga na escrivaninha. Ameaça abrir. Fita os meus olhos. Sorri para mim. Como quem pergunta: Está preparado? Então ele abre. Com um dedo no ar ele faz um movimento ridículo. A caixinha começa a tocar. É a música do gás. Com o dedinho no ar e com os olhos fechados, ele faz um movimento, como se a estivesse regendo.

É a música que toca no caminhão do gás.

Com isso o derrubo.

Uma bailarina de plástico gira, gira, gira.

E aí uma ideia ilumina as demais.

Eu poderia colocar o reloginho aí dentro, para então devolvê-lo.

E é então que me assusto. E se ela não voltar? E se tudo aquilo não passou de teatro? Meu coração dispara. Não, não pode ser. Isso eu mesmo digo, ou penso. Ou penso que digo. Não digo o que penso. E então estou de pé. Ando de um lado para outro. Não. Não posso crer. E então volto. Interrompido por algo alheio.

O senhor não gostou?

Do quê?

Da caixinha ou da música? Parece que o senhor não gostou.

Chuto baixo. Bem baixo.

É. Não gostou mesmo.

O pior é que estou precisando do dinheiro.

Mas vou dizer uma coisa ao senhor.

Essa caixinha de música não é uma caixinha de música qualquer.

Estou vendo. Ela até toca a música do gás. Volto aos negócios.

Não é disso que estou falando, não senhor.

E que culpa ela tem se o gás roubou sua música?

Isso é plágio. Essa caixinha já tocava essa música muito antes desses caminhões barulhentos. E eu dizia que essa não é uma caixinha de música qualquer.

A música é qualquer. Até no caminhão de gás ela toca. Deprecio.

Mas eu lhe garanto que essa não é uma caixinha de música qualquer. Sabe por quê?

Não. Nem desconfio.

Porque essa caixinha de música tem história.

O idiota pensa que é o primeiro a usar esse argumento. Isso eu penso.

E por que tem história ela vale mais do que o senhor está me oferecendo por ela.

Então faz o seguinte. Arranco umas folhas do bloco.
Anote aí todas as histórias. Assim, quando eu for revender, quem comprar vai saber. Vai saber que ela tem história. Vai poder até ler. Aí ela vai ser uma caixinha de música e de histórias.

Ele fica realmente sem graça. Ainda segura as folhas na mão.
O senhor tá *glosando* da minha cara?
Glosando?! Ele diz.
Eu só vou aceitar essa mixaria porque preciso do dinheiro. Saiba o senhor que essa caixinha foi de minha mãe.
E ela tocava essa música no piano. Tocava para mim.
Será que ela não volta? Será que era tudo fingimento? Será que ela nunca sonhou? Mas como eu poderia conhecer o sonho? Não sei se o sonho era dela ou meu. Será que ela é como as outras? Será que ela nunca sonhou?
Eu vou ficar com essa mixaria que o senhor me ofereceu.
Pode ir passando o dinheiro.
Ele sai.
Agora, quando ele quiser ouvir a música que sua mãezinha tocava,
vai ter que esperar pelo gás.

O pior é que eu tinha anotado o telefone. Num maço de cigarros anotei. O pior é que ele se foi. Eu mesmo fumei. Talvez, um dia, alguém encontre esse maço. E até o tente vender. E quem sabe, um dia, esse número, anotado no maço vazio, valha mais do que STEVE MCQUEEN.

Então a mocinha assustada bate e entra.
É telefone para o senhor.
Quem é? Não é minha mãe, é?

Não. É uma moça.
Pode passar a ligação.
Oi.
É você?
Tudo bem?
Tudo. E com você?
Ai. Eu estou tão feliz.
Eu também. Fiquei até com medo de que você não ligasse para mim.
É claro que eu ligo.
Puxa. Como é bom falar com você.
Eu adoro ouvir sua voz.
Eu adoro ouvir a sua.
Eu senti tanto sua falta.
Eu também.
Você esqueceu seu relógio.
Talvez eu quisesse voltar.
Isso é tudo o que quero.
Sabe por que eu liguei?
Não importa o porquê.
Eu queria te convidar para almoçar.
Nossa! Será um prazer.
Eu sonhei com você novamente.
Acho que eu também.
Nós fazíamos amor.
Dentro do carro.
Era um carro vermelho.
Estávamos no banco de trás.
Alguém conduzia o carro.
Mas isso não nos incomodava.
Nem um pouco.
Nem um pouco.
Acordei falando o seu nome.

Acordei com seu nome em minha boca. Ela diz.

Vejo um flash. Ela numa posição engraçada. Imitando um sapo. Sua boca costurada. Costurada com um grosso fio preto. Dentro dela, sei que tinha um papel. No papel estava escrito o meu nome. Volto.

Eu conheço um restaurante muito bom. Asseguro.

Não. É muito arriscado. Alguém pode me ver.

É melhor um lugar mais seguro.

Só você e eu.

Só eu e você.

Se você quiser, eu conheço um lugar. Tem até cachoeira no quarto.

Só que é um motel. Logo digo.

Posso te contar um segredo?

Juro que não conto pra ninguém.

Eu te conto. Mas... deixa pra lá.

Não. Agora você vai ter que contar.

Ai. É que eu não quero que você me julgue mal.

Você precisa de mais dinheiro, é isso?

Não. Nada a ver.

Então o que é?

Tenho medo que você me julgue mal. Me julgue como uma qualquer.

Isso seria impossível.

Eu estou um pouco envergonhada, mas vou contar.

Então conta.

Sabe na sexta-feira, quando estive aí?

Claro. Como eu poderia esquecer?

Ai. Eu estou com vergonha.

Conta. Conta para mim.

É uma fantasia. É coisa de mulher. Sabe, o meu marido foi o primeiro namorado que eu tive. Aí eu logo casei. Eu nunca estive com outro homem.

Entendo.

Mas fantasiar fantasiei.

Então conta para mim.

Sabe quando você disse que eu teria que fazer uma coisa? Hum?

Sabe na hora que você disse que eu teria que fazer uma coisa em troca do dinheiro?

Sei.

Então. Eu fantasiei.

O quê?

Ah! Você sabe...

Não. Juro que não sei.

É uma fantasia muito comum, entre as mulheres.

Então me fala qual é.

É que eu pensei que você ia mandar eu tirar a roupa.

Jura? E o que mais você imaginou?

Eu achei que você ia mandar eu tirar a roupa e me mostrar para você.

E o que mais?

Ai, você ia ficar me olhando. E eu toda nua. Ai, você ia mandar fazer poses. E eu, constrangida e excitada, ia ter que fazer. Porque você estava pagando. E eu ia ter que fazer poses obscenas.

Por favor, continue.

Eu ia ter que me mostrar todinha. E você ia ficar se tocando. Excitado. Ia ficar me exibindo o seu membro. O seu pau. E ele ia estar duro. Imenso.

Ele ia ficar do tamanho que ele está agora? E o que mais?

Eu fico com vergonha de falar.

Fala, vai.

Ai, você ia pagar mais. Me tratar como uma puta. Ia me mandar chupar. Você sabe. O meu marido não deixa eu fazer isso.

O quê? Não deixa você fazer o quê?

Chupar.

Chupar o quê?

Chupar o pau dele. Ele diz: Depois vai beijar os meus filhos? Com boca que chupa pau?

ahn! Fala mais, fala.

Ai, você ia pagar mais.

Pra quê?

Pra me possuir.

Pra enfiar o seu pau em mim. O seu pau sujo. Duro. Imenso.

E onde eu ia enfiar?

Você sabe.

Eu sei, mas eu quero ouvir você dizer.

Você ia enfiar ele em mim.

Fala para mim, fala onde eu ia meter o meu pau.

Na minha vagina.

Eu ia enfiar o meu pau na tua bocetinha apertada?

É! Isso! Ai, que vergonha!

Ai. Caramba! Eu estou...!

Goza, goza pra mim.

ahh!

Que delícia. Que delícia fazer você gozar.

Você vem?

Você ainda me quer?

Cada vez mais.

Você pode não acreditar, mas essa é a minha fantasia também.

Então eu vou.

E vai ser aqui?

Acho que é o melhor lugar. É seguro.

Eu sempre sonhei com isso. Aí eu peço algo para a gente comer.

Nem vai ser preciso. Quem ama não precisa comer.

Talvez essa seja a solução para acabar com a fome no mundo.

Quem sabe?

Até já.
Até já.

"A solução para acabar com a fome no mundo."
Quem diria que um dia eu falaria algo assim?
É o amor.
Ou os remédios.

Logo ela vai chegar. Já tampei o ralo. Não sei se terei tempo de me refazer. Foi tão forte. Agora é só esperar. Já avisei para a mocinha assustada que espero por uma pessoa, e que, enquanto ela aqui estiver, ninguém entra e ninguém sai. Estou muito ansioso. Já guardei o relógio na caixa que toca a música do gás. Agora é só esperar. O olho, nem tirei da gaveta. Não quero que ele a veja. Não. Não com aquele olhar.
Ela entra.
Ela vem.
Vem e me beija.
Estou tão nervosa.
Eu também.
Eu depois fiquei envergonhada de tudo o que falei.
No telefone, você sabe.
Eu sei.
Estamos um pouco sem jeito.
Ah! É para você.
Ela abre. Parece feliz.
A música do gás.
Ela parece emocionada.
Você é tão meigo. Tão delicado.
Ela me beija outra vez. Veste o relógio.
Eu não sei como começar.

Você me faz a proposta.
Está feita.
Não. Não assim. Tem que ser de verdade. Tem que ser pra valer.
Tá legal. Tá certo. Então vai:
Eu seria capaz de pagar.
Pagar? Pagar para quê?
Pagar para que você tire a roupa.
O que você pensa que eu sou?
Ela fala ironicamente. Meio rindo.
Uma puta. Eu não sei brincar.
Uma vagabunda.
Ela finge indignação.
Eu sei que você precisa da grana. Mas, para ganhar, você vai ter que trabalhar.
Não. Trabalhar não é excitante. Me manda mostrar.
Ah! Está certo. Desculpe.
Se você quer o dinheiro, vai ter que mostrar.
Tira essa roupa, sua putinha.
Tira logo, piranha.
Então paga.
Quanto? Quanto eu devo pagar?
Quanto você quer ver?
Ah, não sei.
Quanto você vai me dar para eu chupar o teu pau? Hein?
Isso começa a me excitar de verdade.
Quanto você vai me dar para foder minha boca, seu tarado?
Eu dou o dinheiro de verdade?
Você quer ou não quer?
É só você olhar, olha aqui. Mesmo por cima da calça, ele já pode responder.
Então paga. Paga, seu tarado.
Quanto?

Quanto você pagaria para me ver? Quanto você pagaria para ver eu me rasgar para você? De quatro, com a bunda empinada?

Toma, toma. Abro a gaveta e começo a jogar dinheiro em cima dela.

O jogo começa a tomar forma.

Só isso? Ela aperta as tetas por sobre o vestido. Ela vira e vai puxando o vestido para cima. Suas coxas são morenas, roliças. Ela solta o vestido. Finge se recompor. Aperta forte as nádegas. Dá tapas com a mão. Não tirou nem uma peça e mesmo assim já volto à gaveta. Pego uma das caixas de charuto onde guardo a grana. Jogo dinheiro em sua cara.

Acho que eu valho mais do que isso, seu porco.

O jogo já vai por si mesmo.

Esvazio a caixa inteira.

Ela pega.

Ela pega de verdade.

Vai pegando e enfiando na bolsa.

Quero mais, seu puto!

Então mostra!

Então me dá mais!

Ela está suando. Ela está vermelha.

Ela desabotoa o vestido.

Os botões são atrás.

Sua língua é ágil.

Ela fica mexendo. Ora a língua passa em seus lábios, ora só serpenteia.

Depois ela deixa o vestido cair. Sua lingerie é negra.

Vamos, paga!

Ela quer mais.

Vira de costas. Sua bunda é enorme. Ela puxa a calcinha pra cima. A calcinha some no rego. Puta que pariu! Quase não consigo abrir a gaveta. Ela volta de frente. Aperta os seios. Ainda de sutiã. Aperta de lado, tornando como bolas o meio. Pego outra das caixas de cubanos legítimos, onde guardo a grana.

Mostra tudo, sua vaca! Grito atirando dinheiro.

Ela então solta as alças, e os arranca. São enormes os seios. São reais, verdadeiros. Um pouco caídos, pelo peso. O peso da vida. Os mamilos rosados. Os bicos são o próprio desejo.

Insaciável. Quer mais dinheiro.

Jogo na sua cara.

Ela vira.

De costas. Desce, lentamente, a calcinha.

Para.

Na metade da bunda.

O elástico parece querer romper. Devido à fartura da carne.

Ela vira.

Os públicos pelos despontam.

Mas não por inteiro.

Paga mais!

Quero mais!

Eu dou.

Nem calculo o quanto.

Ela desce de vez a calcinha.

Ela se põe de quatro.

Encosta a cara no tapete.

Com as mãos ameaça abrir o traseiro.

Mas não abre.

Quer mais.

Esvazio a segunda caixa.

Ela abre.

Ela se revela.

Por inteiro.

Ela está tão molhada.

E, mesmo de longe, posso sentir seu perfume.

Seu cheiro.
Ela anda de quatro.
Agora em minha direção.
Ela aperta meu pau sob a calça.
Ela me diz:
Quero mais!
Vou até a gaveta.
Ela mordisca minha calça.
Quero mamar no seu pau!
É a última caixa.
Sobre ela despejo-a inteira.
Ela chupa por cima da calça.
Eu dou tudo o que tenho.

Ela apanha nota por nota. Desamassa, endireita e guarda. De vez em quando ela olha para mim. Mas é rápido. Logo volta a desamassar e guardar. Nem vestiu suas roupas. Desamassa e guarda. Eu assisto em câmera lenta. Eu me largo no chão. Deito. Sou parte vazio. Ela continua juntando. Quando me olha, sorri. Como num flash, depois continua a guardar. Ela brinca a sério. Eu também, não sei brincar. Depois que está tudo recolhido, ela começa a se vestir. Sem encanto. Sem graça. Ela é rápida. Eu fui também. Ela vem e se agacha. Sela meus lábios e também minha testa. Eu te ligo. Ela diz. Ela sai.

Rastejo até o banheirinho. Tiro a toalha do ralo. Cheiro, cheiro, cheiro.
O senhor está ocupado?
Quem foi que te deixou entrar?
Que que o senhor está fazendo?
Ela treme. Ela toda. Ela toda balanga. Ela começa a tirar a roupa.

Como mágica, estou de pé.
Para, para, para! Hoje não!
Eu não tenho mais nada para oferecer ao senhor.
Não! Para! Hoje não!
Ela não para. Vejo o M nas costas.
Hoje não! Eu não tenho dinheiro!!!
O senhor é um mentiroso.
Mentiroso?!
Corro. Pego as caixas de charutos cubanos.
Olha aqui!
Ela está toda pelada. E é então que percebo,
acho que ela nunca se depilou.
Para! Veste a roupa!
Saco a carteira. Dou tudo o que resta.
Pega isso e vai embora, por favor.
O senhor é um mentiroso.
Por que você fala assim?
Em que ano o senhor nasceu?
Ela continua pelada. Ela continua a tremer. Ela é toda peluda.
Ela é toda hematomas. Ela toda balanga.
Eu nasci em 58. Por quê?
Então como foi que seu pai morreu na guerra?
Foi estilhaço de granada. E uma mina também.
Meu namorado falou que a guerra acabou em 1945.
É que meu pai morreu antes de eu nascer.
Isso é tudo mentira. Você é mentiroso. Esse olho não é do teu pai.

É que eu não sou filho do meu pai verdadeiro. Eu sou filho de outro.

É tudo mentira.
Eu já te dei a porra do dinheiro, o que mais você quer?
Vai. Veste logo essa roupa e vai para casa. Você tá é doidona.
Ele entra.

Que caralho está acontecendo aqui? Quem foi que te deixou entrar?

Ops!

Ele diz quando avista a magrela peluda pelada, a tremer.

Não tinha ninguém. Eu fui entrando.

Como, não tinha ninguém? E a mocinha?

Corro até a sala contígua. Ela não está. Não tem ninguém.

Volto com a mão na cabeça.

Ele olha para a bunda da outra.

Ela não para de tremer.

Ele é mentiroso.

Ela diz para o outro. O que acabou de entrar.

Saiam! Saiam todos!

Ele tava cheirando o ralo.

Cala a boca! Saiam!

Chamo o segurança. Ele também não está.

Inferno.

Outro entra com uma máquina de escrever na mão. Depois entra outro com um candelabro. E outro. Todos juntos na minha sala. Todos olham a peluda pelada. Todos falam alto. Todos gesticulam. Todos falam que eu cheirava o ralo. Todos falam que eu abusava da pobre da moça peluda. Entram mais. Todos falam que eu exploro os pobres. Todos estão muito tensos. Um me empurra para trás. Eu os empurro também. Tudo me foge ao controle. Um me acerta a cabeça. Acho que foi o do candelabro. Outro me chuta no peito. Não entendo mais nada. Já não tenho mais força. O sangue tinge minha vista. Acho que vão me linchar. Estou tonto. Enjoado. Atordoado. Todos querem bater. Ainda consigo ouvir o disparo. E então tudo cessa.

A sala parece se esvaziar.

Ele pergunta se estou bem.

Eu olho o buraco no teto.
Ele se explica.
Eu tive que atirar. Senão eles matavam o senhor.
Então eu o reconheço. É o segurança.
Atirei para o alto, senão eles matavam o senhor.
O senhor está bem?
Onde estava você?
Eu tinha ido no banheiro.
É a merda.

E vem a polícia. Alguém diz ter ouvido o disparo. Hoje não posso molhar a mão de ninguém. Hoje é tudo incontido. Hoje é um furacão. Minha cabeça ainda sangra. Hoje o inferno saiu pelo ralo, só para me ver.

O tenente quer saber o que houve.

Ele diz que eu vou ter que ir ao hospital costurar a cabeça. E depois direto para a delegacia, para prestar depoimento. Ele diz. Hoje eu não molhei sua mão. Ele insiste em saber o que foi que ocorreu.

Eu sou todo hematoma.

É isso. Eu não sei.

A mocinha da recepção sumiu. Aí o povo começou a entrar. Eu disse que ia ter que ir ao banco. Não me preveni, e o dinheiro do caixa acabou. Mas a sala estava cheia, e começou um tumulto. E um mais inflamado, devia estar precisando de dinheiro, me bateu com um candelabro na cabeça. O senhor sabe como são esses viciados. Aí a coisa desandou de vez. O senhor sabe, se um bate, todos querem bater. O país tá na merda. Todo mundo precisando de dinheiro. O senhor sabe, tá todo mundo com a corda no pescoço. E aí todo mundo me procura porque eu sou honesto. E é assim, quando o balão começa a cair, eles precisam se livrar do peso. E como fazem isso? Jogando as coisas fora. O senhor entendeu a metáfora do balão? O balão é a situação financeira do povo. Quando a coisa vai mal, eles vendem o excesso, para o balão voltar a subir.

E a moça pelada, o que você me diz?

Moça pelada, que moça pelada?

Os outros, das outras lojas do prédio, alegam que na correria saiu, daqui, uma mulher pelada.

Ah! Isso eu nem vi. E como ela era, era bonita?

Dizem que parecia o Diabo.

E que outra aparência poderia ter?

Era o próprio.

Era o inferno.

No hospital me costuram a cabeça. Depois é raio X para tudo o que é lado. Estou exausto e com muita fraqueza. Só tomei um café puro pela manhã. E depois ainda gozei duas vezes. Por isso, talvez, me botaram no soro. O doutor me falou que osso quebrado não tenho nenhum. Mas, na cabeça, foram onze pontos. Costuraram com aquele fio preto e grosso. Igual ao da boca, dormi.

Sinto uma forte luz em meu rosto. Mas os olhos não consigo abrir. Ouço vozes, mas não as conheço. Não consigo me mover. Alguém fala de um coágulo. Drenar, ouço também. Aí as imagens me chegam. Mais parecem borrões de nanquim. Pouco a pouco se tornam estáveis. E um rosto, agora já sei. É ela. De amor me chama. Vou sonhar com você, ela diz. E então sua boca é fechada. Costurada por um grosso fio. E então ela já não diz nada. Mas parece nervosa, algo quer me dizer. Ela aponta para os lábios inchados. Com os dedos tenta os pontos tirar. Acho que quer me mostrar o papel. No papel deve estar escrito o meu nome. Com o sangue que drenam de mim. Tiram sangue, num cano, canudo. E, com o sangue, um pouco de mim se esvai. Tiram sangue da minha cabeça. E eu nada posso fazer. Mas então, pouco a pouco, ela rompe os pontos. E, ao arrancar, eles rasgam seus lábios. Sua boca é vazia, é sem dentes. Sua boca é uma cloaca. E, de dentro, ela tira um olho. Eu sei, é o olho de meu pai. Ninguém drena a cabeça de um homem. Isso o olho me fala. E aí vejo um labirinto. E suas paredes são cobertas de merda. E, como ando torpe, toda hora nela eu esbarro. Estou sujo, mas o cheiro o vento é quem leva. Mas a merda é até perfumada, e acordo sentindo o café.

O senhor está melhor?

Onde estou?

Em casa. O senhor está na sua casa.

Ah, é você?! Ai. Tudo dói.

Sou eu. E acabei de fazer um cafezinho para o senhor.

O que foi na sua cabeça? O senhor se machucou.

Puxa! Eu estava sonhando. E acordei com tudo doendo.

Eu gostava mais de quando não sonhava.

Eu estava sonhando.

É, o senhor falava o nome de uma mulher.

Mas não era o da sua noiva não.

Eu já sei que nome era.

É bom mesmo o senhor arrumar uma nova namorada.

Mas quem foi que te disse que arrumei uma namorada?

Ah, eu sei, né.

E como é que você sabe?

Ah, eu cheguei cedo. E como vi que o senhor estava dormindo, ao invés de arrumar o seu quarto, eu fui logo lavar o banheiro.

E daí? Ai, ai, ai.

Daí que o ralinho do banheiro estava cheio de fios de cabelo. E eu sei que não são do senhor porque o senhor, é assim, é careca.

Mas não é possível que tenha cabelos no ralo porque eu não trouxe ninguém para casa.

Ah... Se o senhor quer fingir que não trouxe, eu vou fingir que não falei nada.

Não, é sério. Desde que terminei o noivado, ninguém mais esteve aqui. Só você. Ai, ai, ai.

É, mas os cabelos do ralo não são meus, não senhor. Eu não sou loira.

HA, HA, HA!

Do que é que o senhor está rindo?

Nada, não. É que eu me lembrei de uma velha história.

Que história?

Você já ouviu falar na loira do banheiro?

Ai! Cruz-credo. Vira essa boca pra lá.

HA, HA, HA, HA, HA! Ai, ai, ai.

Mas me fala o que que aconteceu com a cabeça do senhor, que está toda enfaixada?

Ah, foi... um assalto.

Valha-me Deus!

E roubaram muito?

Levaram tudo o que eu tinha.

Minha Nossa Senhora!

E bateram no senhor?

Atiraram.

Atiraram no senhor?

Na minha cabeça.

Creio em Deus Padre!

Mas pegou de raspão. Ai, ai, ai.

Meu Jesus Cristo Salvador! Tá pela hora da morte!

Mas eu vou ficar bem. Ai, ai, ai.

Mas o senhor tem que repousar. Vou fazer uma canja para o senhor.

Uma canja sempre vai bem. Ai, ai, ai.

Ela sai com a mão sobre a boca, e mesmo da cozinha posso ouvir:

Ele tá que tá amarelo, pobre coitado do patrão.

Ela volta.

Eu, ai, ai, ai.

Vou ter que ir até o mercado. A geladeira e os armários, tá tudo pelado.

Isso, boa ideia, pega a minha carteira ali em cima da cômoda.

Ela pega.

Puta merda! Eu estou sem um tostão. Ai, ai, ai.

Eu tinha que passar no banco, no caixa eletrônico, e na confusão acabei me esquecendo.

E agora?

Ai, ai, ai.

Deixa que eu vou até o banco.

Mas o senhor não pode se levantar. O senhor precisa de descanso. Onde já se viu, sair com um tiro na cabeça?

Foi só de raspão.

Pode ficar tranquila, olha, eu levantei e nem fiquei tonto. Ai, ai, ai.

Aí eu já aproveito e faço o mercado. Faço mercado, ai, ai, ai.

O senhor tem certeza que está bem?

Juro que estou, mas, se você me fizer a canja, fico ainda melhor. Ai, ai, ai.

Traz a galinha e deixa o resto comigo.

Pode deixar. Afinal já perdi o meu dia. Hoje nem vou trabalhar. Ai, ai, ai.

Mas não pode mesmo. Onde já se viu, trabalhar com um tiro na cabeça?

Então, até já. Ai, ai, ai.
Até já, patrão.
E vai pela sombra.
Deixa comigo. Ai, ai, ai.
Eu sempre vou pela sombra.
Ai, ai, ai.

6
O jogo

E assim foi. Dois dias de molho. A mocinha assustada fugiu. Talvez tenham costurado um papel, com meu nome escrito, dentro da minha cabeça. Foi embora. Nem as contas pediu. Quem recebe as pessoas, agora, é o imbecil do segurança. Ele diz que salvou minha vida. Ele não sabe o que diz. Meu amor, minha vida, minha privada entupida. Se ligou, não tinha ninguém para atender. Ai, ai, ai. Já fui ao banco, e as três caixas enchi. Com notas grandes, médias e pequenas. Sinto um calafrio. Será que ela estava mentindo para mim? Será que tudo era um jogo? Um jogo, só para pegar minha grana? Um jogo. Ela disse que seu marido perdeu tudo no jogo. Que jogo será que ele joga? Não, mas ela sonhou comigo. Eu acho que ela gosta de mim. Eu nunca tinha gostado de alguém. Dela, eu gostei.

Ele entra.

Pode fumar aqui?

Pode. Acendo também.

Olha, eu tenho uma preciosidade para oferecer ao senhor. Dá só uma olhada.

Ele desenrola um velho pano.

Não sei se o senhor está preparado para o que vou mostrar.

Pode mostrar que eu aguento.

É um boneco de madeira. Ele é todo marcado. Por pontas que alguém lhe enfiou. Quando olho, sinto uma forte fraqueza. Paradoxo. A visão fica turva. Sinto que vou desmaiar. O boneco tem o meu porte físico.

Por favor, chame alguém, não me sinto bem. Acho que vou desmaiar.

Ele vem por detrás. Segura minha nuca. Baixa minha cabeça, até os joelhos.

Força! Faz força, tenta erguer a cabeça!

Eu tento.

Vamos, homem! Força!

Meu rosto se empapa de suor. O sangue começa a voltar. Irriga a minha cabeça. Borrando o esparadrapo. Me faz retornar.

O senhor está melhor?

Agora sim.

Vou buscar um pouco de água para o senhor.

Ele vai.

Levanto em seguida.

Saio também.

Tudo bem, patrão?

Isso é o segurança que pergunta.

Tudo bem.

Nossa! O senhor tá que tá amarelo.

Saio.

Vago.

O que será? O que acontece comigo? Estou perdendo o controle. Antes, era eu quem dava as cartas. Cartas marcadas. O jogo era meu. Agora eu sou o boneco. Meu nome. Meu nome abria as portas. Hoje se guarda, costurado, na boca de um sapo. Isso tudo é coisa da ex. Ela está fodendo comigo. Ela me faz rastejar. Ainda ando, vagando. Fraco. Vazio. E, então, sinto o estalo. Passo a mão. Puta mira! Bem em cima do esparadrapo. Agora eu. Agora eu sempre sou o careca. Eu só queria ficar no meu canto. Comer o meu lixo admirando a bunda. Isso era tudo. Isso era a peça que construía os meus dias. Mas a bunda se foi, Rosebud. Depois fui me apaixonar. Nunca tinha imagens no sono, agora até dei para sonhar. Não gostava de pessoa alguma. Agora. Agora me sinto tão só. É um jogo. É um jogo, e eu perco. Só não sei quem é o azarão. E agora tudo se encaixa. Fazendo um sentido absurdo. É macumba, é vodu, é o diabo a quatro. É jeje. Tudo se enquadra. Tudo me remete à ex. Ela disse que eu não me livraria tão fácil. Ela bem me avisou. Ela falou da amiga cujo marido, no jogo, tudo perdeu. Meu amor é pau-mandado. Arapuca da ex. É sapo, é boneco, é assombro, pesadelo, confusão, e o caralho a quatro. Eu não tenho saída. Ou acabo com ela. Ou acabo como ela. Ou acabo comendo ela. Ou sei lá mais o quê. Aí, já estou no boteco.

Manda um x-tudo, minha flor.

Ah! É o cara da cara do comercial.

Pior que você acertou. Agora, eu sou isso aí. Eu não sou mais eu. Agora, eu pareço o outro.

Sai um x-tudo. Ela grita.

Vai beber o quê?

Me dá qualquer coisa. Só para ajudar a descer.

Fica triste não, meu amor. Eu tenho um presente pra você.

Não faça isso. Eu não quero presente, eu quero passado.

Bem passado, ou malpassado?

Como assim?

O x-tudo.

Tanto faz.

Ela vai.

Ela volta.

Toma.

Me estende um papel. Um pedaço de papel pequeno. Igual ao do amigo secreto. Igual ao da boca do sapo.

3272-8200.

Isso é o que tinha o papel. Escrito por esferográfica. Não pode ser o que eu queria que fosse. Será?

A tua amiguinha passou por aqui.

Quem?

Ela fala o nome. O nome composto de três. A trindade, do pai, da mãe e do ator da TV.

Ela passou aqui?

Passou.

Veio pedir para o chapeiro ser testemunha. Vai botar o patrão no pau.

E esse número é o telefone dela?

Não. É o telefone do papa! Que que cê acha, meu filho?

Você está brincando comigo?!

É. Eu não tenho mesmo o que fazer, aí eu pensei, vou inventar um número de telefone e dar para o rapaz do Bombril. Se liga, meu irmão!

Ela pediu para você dar o telefone para mim?

Não. Ela pediu para eu entregar para o Fábio Júnior. Mas, como ele não veio, eu resolvi dar para você.

Vai! Eu estou confuso. Fala a verdade.

Olha o lanche.

3272-8200. Leio. A letra é bonita. Embora só tenha escrito números.

Ela veio. Ela veio e me perguntou se por um acaso um senhor careca, parecido com o do Bombril, ainda comia aqui.

E o que foi que você disse?

Não tá na cara?

É. Se ela deu o número, é porque você disse que sim.

Eu falei que você veio procurar por ela. Eu falei que o senhor estava gamadão. Mas que, quando descobriu que ela tinha ido embora, nunca mais voltou.

E faz tempo que ela veio?

Acho que tem mais de dez dias.

Puxa vida! Como eu posso te agradecer por isso?

Depois o senhor me dá uma caixinha. Mas espera aí.

Ela te mandou um recado.

Recado? Que recado?

Foi o seguinte. Primeiro deixa eu te falar um negócio.

Pode falar.

Eu disse que o senhor tava caidão por ela. Mas ela não acreditou. E isso tá na cara do senhor. O senhor gosta dela ou não?

Claro que eu gosto. Se você soubesse a falta que eu sinto...

É. Pois ela disse que o senhor não gosta dela. Ela disse que o senhor queria comprar um negócio que ela tinha. Um negócio de livro, parece. Então, ela mandou eu dizer que, como ela ainda não conseguiu emprego, e isso já faz mais de um mês, ela resolveu vender o negócio para o senhor. Se o senhor ainda estiver interessado. Esse é o recado. E tá dado.

Quando tudo parecia perdido, vejo uma luz no fim do cu. É assim que tem que ser. Quando se fecha uma porta, outra se abre. Volto correndo. A sala está apinhada de gente.
  Hoje eu não atendo ninguém! Pode ir tudo embora.
  Ahhhhhhhhhhhhh!!!!!!!!!! Em uníssono.
  Mando o segurança evacuar o recinto.
  E espera, que eu preciso falar com você.
  Na gaveta de cima, pego um envelope pardo. Desses grandes. Tiro a pequena chave do bolso e com ela abro a gaveta de baixo. Despejo metade de uma das caixas de charutos cubanos no envelope. Chamo o segurança e peço que leve para a garçonete do botequim. Digo que depois ele pode ir embora. Digo que por hoje está dispensado.
  Pego o pequeno papel. Leio atentamente. Depois, leio número por número. Transfiro cada um dos algarismos, lentamente. Do papel para o disco do telefone. Não posso errar. É três, é dois, é sete. É dois. Oito. É dois de novo... Zero, zero. Não posso errar.
  Chama, chama, chama.
  Ninguém atende.
  Não é possível! Devo ter discado algum número errado. Repito. Agora de forma mais lenta. Número por número. Disco com precisão.
  Um segundo de silêncio.
  Uma espera infernal.
  Chama, chama, chama.
  Tento outra vez.

Talvez eu tenha discado de uma forma lenta demais. Vamos lá. Desta vez um pouco mais rápido. Três, dois, sete dois, oito, oito, zero, zero. Não! Tá errado. "Quatro, com mais quatro, quatro com mais quatro, quatro, com mais quatro, quatro, tá errado." Lembro do sapo que cantava isso num desenho animado. Três, dois, sete, dois, oito dois, zero, zero. Chama, chama, chama. Ninguém atende. Muito menos ela. Vou dar mais um tempinho. Pior que não tenho nem como me distrair. Mandei todo mundo embora. Ando de um lado para outro. Cantarolo a musiquinha do sapo. Solto uns "ai, ai, ai". Tento outra vez. Nada. Volto a andar. Nada. Cubro o ralo e tento de novo. Ninguém. Descubro o ralo e tento outra vez. Só chama. Roo as unhas, e nada. Ando, e nada. Cubro o ralo, e nada. Nada. Ninguém. Atende, por favor. Imploro. Ela não me ouve. Dou três pulinhos, mas não funciona também. Em círculo, de lá para cá. Chama, chama, chama. Não é possível. Devo estar discando errado. Tento outra vez. Já passa das seis. Desisto. Desisto de novo. Desisto e tento outra vez. Chama, chama, chama. Será que ela não está? Será que ela errou algum número? Confirmo. Chama. Nada. Ninguém. Desisto. É a última tentativa. Nada. Juro que esta vez é a última. Visto o paletó que vestia a cadeira. Apago a luz. Volto. Só para dar uma última tentada. Essa é a última, mesmo. Juro. Disco no escuro. Assim, vou errar. Mesmo acendendo a luz, a simpatia não dá resultado. Vou embora. Vou tentar lá de casa. Saio. Felizmente, eu não tenho aparelho celular. Faz mal para o cérebro. Li isso, em algum lugar. *Revista dos Astros*. Talvez.

Nem ligo a TV. Vou direto aos números. Um homem atende de primeira. Será que ela casou? Alô? Ele tem uma voz grave. A dicção é terrível. Deve usar dentadura, ou ponte. É o pai. Só pode ser. Deve fumar desde que nasceu. Ela não está. Ele tem a coragem de me dizer. Ele não faz ideia do quanto isso me machuca. Dói. Dói a valer. Eu pergunto onde diabos ela pode estar. Foi ver um emprego. O dia inteiro. Foi cedo. Só deve ter tomado o café. Agradeço. Quer deixar recado? Não. O senhor não iria entender. E, se entendesse, se fosse anotar o recado, ia faltar papel. Eu tenho muito a dizer. Daria um livro. O meu recado daria um livro. Imagino o velho a escrever. Eu ditando, e ele escrevendo. O livro da bunda imensa. Um livro imenso. Aí, ela ia chegar em casa e, antes de me ligar, antes mesmo de saber quem ligou, ia ter que ler um livro inteiro. Mexendo a boca a cada palavra. Só no fim, só na última página estaria o meu nome. Não, meu nome tinha que estar na capa. Ia ser um romance. Um romance de amor. Ode ao cu. Eu ligo mais tarde. Isso é o que digo antes de desligar. Ela deve estar num ônibus. Num ônibus lotado. Lotado de gente cansada. Gente que foi trabalhar. Deve haver, nesse ônibus, pelo menos uma pessoa que já procurou meus serviços. Talvez, seu próprio pai. Talvez o seu pai já tenha ido no meu escritório, e quem sabe eu não o tratei bem. Quem sabe eu mandei o imbecil do segurança botar ele para fora. Quem sabe o pai dela era aquele que eu cobri de pancada. Quem sabe o pai dela não me procurou, tentando vender um relógio. Um relógio que ganhou de alguém. Alguém cujo nome era um anagrama. Ou então ele foi lá me vender um olho. E ela, depois de tentar um dia inteiro, agora está dentro de um ônibus. Em pé. E um sujeito, um desses qualquer, atrás dela. Se esfregando em sua bunda. Ou então ela está no metrô. É, deve estar. Só em casa não está. E o telefone fica em casa. Bem que ela podia ter um celular. Mesmo que afetasse seu cérebro. Pelo menos, eu a iria encontrar.

Ligo a TV. Tiro o seu som. Só tem um som que eu queria escutar. O som da bunda. Eu só queria ouvir ela falar. As imagens sem som são estranhas. Eu devia ter deixado um recado. Acho que vou tomar um banho. Assim faço uma hora. Aí falo, com ela, cheiroso.

Entro no banheiro. Acendo a luz. Abro o boxe e pulo para trás. Cubro a mão com a boca. Não, é o contrário. Cubro a boca com a mão. Apago a luz. Vou fingir que não vi. Eu não vou estragar o meu dia. Não. Isso eu não vou fazer. Justo hoje? Justo hoje, que consegui a senha para falar. Não. Eu não vi nada. Deve ter sido uma ilusão. Foi isso, foi uma ilusão. Como poderia ter acontecido algo assim? Só pode ser ilusão. É isso aí. Vou tentar mais uma vez. Disco. Antes que chame, eu mesmo desligo. Minhas mãos tremem muito. Volto ao banheiro. Acendo a luz. Vou ao boxe. Agacho. O ralo está tapado. Lotado de fios de cabelo. Loiros. Longos. Entopem o ralo. Puxo. São mais compridos do que imaginei. Talvez tingidos. Por quê? Por que sempre algo me assombra? Por que não posso viver em paz? E aí sinto o vulto passar. Estou muito assustado. Ansioso. Por quê? Por que sempre algo me assombra? Por que não posso ser como os demais?

Por quê, Oscar Wilde? Por quê, Dorian Gray? Por que o meu mundo tem que ser sempre feio? Por que tudo sobe do ralo só para me ver? Por que fui inventar de tomar banho? Por quê? Por que tudo tem que ter um porquê? Por que a vida não é como os sonhos? Por que na minha vida esses limites se fundem? Por que não fica uma coisa em cada lugar? O que é sonho, no sonho, e o demais no demais? Por que tudo se mistura? Por que tudo se funde, mesmo quando tomo os remédios? Por que o louco sempre tem que ser eu?

Talvez seja um problema no encanamento do prédio. É isso. É isso que deve ser. O cabelo vem de outro apartamento, só pode ser. É isso, está tudo bem. O vulto passou porque o vulto é o passado. E, de hoje em diante, eu prometo mudar. Vou ser justo com os justos, e não vou ser com os demais. Os não justos. A vida não é a porra do conto de Natal. A vida é bela. Lembro *O homem do prego*. Lembro Sidney Lumet. Ele, Rod Steiger, era amargo, porque no passado alguém o amargou. Ele era perseguido pela dor. A dor do judeu. A minha dor. "Se me cortam, eu não sangro?"

É isso. Está tudo bem. Vou ligar para a bunda que eu amo, e, no final, eu vou ser feliz. Vou ligar agora mesmo. E ela vai atender. Ela vai entender.

Ele atende.

O velho banguela.

Ela chegou muito cansada.

Ela já foi se deitar.

Durma com os anjos.

Dorme com Deus.

Ele entra.

Ele traz uma perna.

Uma prótese.

É japonesa. Ele diz.

Vou comprar.

Vai ser a perna do meu pai.

Eu já tenho o olho. Agora que paguei, tenho a perna. Sei que, com o tempo, vou montá-lo. Vou montar o meu pai. Meu pai Frankenstein. O pai que se foi. Se foi, antes que eu o tivesse. Foi, antes de eu nascer. Nem me viu. Nunca voltou. Foi. Ele só saiu com minha mãe uma vez. Eu nem sei o seu nome. Nem sei se um nome ele tem. Ele nem sabe como eu sou. Ele nunca me viu. Eu só o imaginei. A vida inteira. Eu mesmo lhe dei um nome. Eu mesmo o batizei. Eu mesmo cuidei de criá-lo. De cada detalhe, eu cuidei. Meu pai, fui eu que inventei. Ele nunca soube o que eu sinto. Não soube o quanto o amei. Ele não sabe que rezo todas as noites. Ele não sabe. Ele não sabe como é minha cara. Nem sabe como ela foi. Não sabe que eu fui criança. Não sabe que a cicatriz do joelho foi da vez que eu caí. Ele não sabe que existo. E que tenho a cara do Bombril. Ele meteu rapidinho em minha mãe, e se foi. Eu fiquei. Ele é mais triste que eu. Talvez, ele não tenha ninguém. Eu tenho ele. Meu pai Frankenstein.

7
Ausência

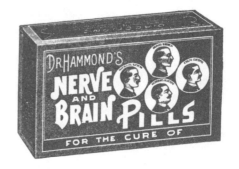

Três dois, sete dois, oito dois, zero zero.
O velho atende de novo.
Ela saiu para ver um emprego.
Deixo o meu número.
Se ela quiser, eu preciso de uma recepcionista.
Eu preciso bem mais do que isso.
Às vezes a vida se desencontra.

O segurança me diz que é telefone para mim.
Sei que não é ela. Não daria tempo.
Quem é?
Eu não sei, não senhor. É voz de mulher.
Alô?
Oi, meu amor.
Quê?
Ué? Já me esqueceu?
Jurei esquecer.
Eu liguei para saber se você quer almoçar comigo hoje?
Almoçar?
Meu marido viajou e as crianças estão na escola.
Eu não falo nada.
A gente podia brincar um pouco.
Eu não sei brincar. Nunca soube.
Eu sonhei com você de novo. Quer que eu conte?
Devolvo o fone ao gancho.
Tranco a gaveta. E guardo a chave.

Ele entra.
Ele traz um abajur.
Ele parece um cientista. Um cientista louco.
3272-8200.

Leio de forma discreta no pequeno papel que escondo na mão.

Ele fica rodando o abajur sobre a escrivaninha. Acho que ele quer me proporcionar uma visão de trezentos e sessenta graus do objeto.

Desculpe o cheiro.

Tá brabo.

É. É cheiro de merda. Vem do ralo.

É merda pura.

É, vem do ralo do banheirinho.

Eu estava olhando a perna ali.

Indica com a cabeça.

Ela está amparada na outra cadeira, no canto da sala.

É a perna do meu pai.

Sinto muito, ele é deficiente físico?

Que que cê acha?

Acho que sim, né? Senão, por que ia ter uma perna dessas?

É. Ele é deficiente.

E por que a perna tá ali? Cadê o resto?

Que resto?

O seu pai.

Ah! O resto. Ele veio me ver, mas estava apressado...

E, na pressa, esqueceu da perna.

Eu trouxe este belo abajur.

Não me diga! Foi você quem trouxe?

Foi, sim senhor.

Com toda essa demonstração de raciocínio, fica claro que cientista ele não é.

Chuto tanto. Chuto baixo. Tenho me excedido nos gastos. Agora preciso conter.

Ele aceita. Esfrega as mãos e ri, agitado.

Eu tava querendo esse dinheirinho aí. Ha, ha, ha.

É? E, pelo visto, o dinheiro já tem destino certo. Vai ser o quê? Vai ser tudo em cachaça?

Que cachaça, o quê!

O destino é outro. Não que eu tenha algo contra a cachaça, muito pelo contrário, aprecio e muito. Mas como posso dizer? Bom! Esse dinheirinho eu vou queimar com outro vício. Um vício mais sórdido.

Vai ser o quê, então, com moça da vida, ou o quê? Vou cutucando.

É um vício mais, como eu poderia dizer?

Agora eu estou começando a ficar curioso pra valer.

Eu não sei se o senhor teria cabeça para entender o meu vício.

Já sei, vai catar um desses travestis.

Credo! Isso não. Meu vício, apesar de me proporcionar um enorme prazer, não está, propriamente, relacionado ao sexo.

Então, só restam duas possibilidades. Ou é jogo, ou é droga.

E não é que o senhor errou outra vez?

Será que existe algum outro vício que eu não conheço?

Sempre tem uma coisa nova pra gente aprender nessa vida, não é?

É, isso lá é verdade. Sujeitinho curioso. Isso eu penso.

Eu gostei do senhor. Quando eu arrumar mais algum bagulhinho para vender, e depois trocar pelo meu vício, eu vou voltar é aqui.

Pois volte. Volte mesmo.

Então, eu vou indo.

E não vai me dizer qual é o seu vício?

Quem sabe, da outra vez.

Mas o senhor me deixou curioso.

É? Então me desculpa, acho que já falei foi demais.

Nem uma pista?

Deixa eu pensar.

Qualquer coisa. Só para eu poder matutar.

Olha, não é jogo. Não é jogo, não senhor. Mas eu acho

que esse meu vício tem algo da natureza do jogo. Isso é o que posso falar.

Tá certo. É uma pista.

Então, até logo, meu filho.

Até logo.

Ele sai.

Quando tiro o telefone e ameaço discar,
ela entra.

Ela entra e caminha em minha direção.

Ela usa uma roupa muito provocante.

Ela segura minha nuca.

E me beija a boca.

Tento resistir, mas me deixo levar.

Ela veste um vestidinho estampado. Esvoaçante. O decote faz os peitos quase saltar.

Eu resolvi vir direto. A ligação caiu.

Você veio rápido.

É que, quando eu liguei, eu já estava aqui perto. Já tinha deixado as crianças na escola.

Sei.

Eu estava louca para te ver.

Hum!!!

Que que é esse papelzinho na sua mão, posso saber?

Ela arranca rápido, nem dá tempo de eu reagir.

De quem é esse telefone?

É de um cliente, me devolve isso aqui! Dou bandeira.

Salto da cadeira e ando em sua direção.

Ela ri. Enquanto mergulha o papelzinho em seu decote.

Acho que não é telefone de cliente não. De quem é?

Me dá isso aqui!

Ué? Cadê o rapaz meigo que tinha aqui?

Me devolve essa merda! Falo isso apertando, com força, seu braço.

Ela consegue se esquivar.

Vem buscar.

Ela fala e se afasta.

Vem buscar com a boquinha, vem.

Por favor, não faz assim.

Quer que eu tire o vestido, para facilitar? Se quiser, é só pagar.

Eu não vou jogar esse jogo.

Quer apostar?

Me dá a porra desse papel, senão eu chamo o segurança.

Ah, vai chamar o segurança, seu safadinho... E o que vocês dois vão fazer comigo? Quer me estuprar? Quer? Você e o segurança, um na frente e outro atrás... É isso que você quer? Se for isso, vai ficar mais caro. Fala para mim, meu putinho, fala o que você quer que eu faça. Eu faço o que você quiser.

Por favor. Esse papel é importante para mim.

Ou será que você me prefere de quatro? Um metendo em mim feito cachorrinho, enquanto o outro fode a minha boca, hein? O que você prefere? Pede, pede para mim, que eu faço. Eu já estou toda molhadinha...

Eu não vou jogar o seu jogo.

Você já está jogando.

Grito pelo segurança.

Ele entra.

Imobilize essa vagabunda.

Como? Que foi que o senhor disse, patrão?

Ai. Ele está louco. Ameaçou me bater, agora me chama de vagabunda.

Dá uma gravata nela.

Ô, patrão!?

Eu vou embora. Ela fala. E sai.

Eu pulo.
Seu filho da puta! Segura essa mulher!
Ele continua sem saber o que fazer.
Corro.
Ela vai em direção ao elevador.
Voo.
Seguro seu braço.
Ela grita tentando chamar a atenção.
Agora é tarde. Digo. Digo isso enquanto a puxo de volta. Com a outra mão abafo seus berros. Eu mesmo lhe meto uma gravata e a arrasto de volta para dentro. Com força, com muita força a jogo no chão. Aponto para o segurança.

Você está despedido.
Mas, patrão?!
Some daqui.
Bato a porta.
Mas o que está acontecendo com a gente? Eu só estava brincando com você, achei que fazia parte do jogo. Pensei que era uma nova fantasia. Foi só isso. Olha, toma aqui o papel.

Nossa, você parecia outro. Você se transfigurou.
Escuta aqui, sua puta.
Não admito que você me trate assim!
O queixinho dela começa a tremer.
Chego bem perto de sua orelha e sussurro o nome da ex.
Ela me olha intrigada.
Foi ela quem te mandou, não foi?
Eu não estou entendendo o que você está falando.
Na noite em que terminei meu noivado com ela, eu estava jantando na sua casa. E ela comentava de uma amiga cujo marido perdia tudo no jogo. Ela estava falando de você, não estava?

Acho que você não está bem. De quem, ou do quê, você está falando?

Deixa pra lá.

Eu vim aqui para vender um relógio. Ninguém nunca me mandou vir aqui.

Vai embora.

Eu pensei que você gostasse de mim.

Eu também pensei isso.

Nossa! Que foi isso na sua cabeça?

Não foi nada.

Mas tem um esparadrapo aí atrás.

É para esconder a careca.

Nossa! Num dia você me ama, no outro nem me quer mais.

A vida é dura.

Eu vim aqui para a gente brincar. Eu... Eu...

Você... Você...

Eu estou tão excitada. Deixa eu me mostrar para você?

Ela suspende o vestido. Ela o tira, por cima de sua cabeça, de uma só vez. Sua lingerie é vermelha. Quer que eu tire o resto, ou você vai tirar para mim?

Cato sua nuca com força. Faço sua cabeça baixar. Vou arrastando ela até o banheirinho. Com as duas mãos agora, a deixo de quatro.

Ai! Você está me machucando!

Enfio sua cara no ralo.

Ai!!!

Cheira, cheira, você vai gostar.

Ela luta para se soltar.

Então eu solto.

Você é louco!

Ela veste o vestido.

Você é um psicopata, um desgraçado.

Ela sai.

Tranco as portas. Me largo no chão. Contemplo o buraco no teto.

Aspiro o cheiro do ralo.

Me sinto amarelo.

Penso sobre as mulheres. Como essa aí me fez sonhar? E eu sonhei. Me fez amar. E eu amei. Me fez acreditar, levou o dinheiro, e eu, não sei se de amor, ou remédio, aceitei. Aceitei as regras do jogo. Do jogo que ela propôs. O pior é que ela propôs o que eu mais queria. Mas não com ela. Mas queria.

Pego o pequeno pedaço de papel. Releio o número grafado. Rosebud.

Três dois, sete dois, oito dois, zero zero.

Pronto?

Alô? Oi. Sou eu. O Bombril.

Ela diz o meu nome. Eu digo o seu.

A moça te deu o recado?

Deu. Ela deu. Ela deu, sim.

Foi você que ligou antes, e falou de um emprego?

Foi.

Acho que eu sei que emprego.

Não. É verdade. Eu estou mesmo precisando de uma recepcionista.

Então você não quer que eu faça aquilo?

O quê?

Não dá para falar. Meu pai está aqui perto.

Eu queria te pedir desculpas. Eu não queria ter dito aquilo.

Então por que disse?

Escapou. Mas eu juro, eu não queria ter dito. Não daquela forma.

E de que forma você queria ter dito?
Eu não sei. Eu ainda buscava uma forma de dizer.
Sei.
Você ainda está brava comigo?
Eu fiquei muito triste.
Me perdoa.
Tá.
Por favor, me perdoa?
Hum, hum.
Eu, eu... eu sou homem.
E daí?
Os homens são diferentes das mulheres.
Você está me ouvindo?
Tô.
Você ficou triste, mas eu também fiquei triste.
Ficou, é?
Fiquei. Fiquei, e muito. Eu gosto de você.
De mim ou só da minha... cê sabe.
Esse é o ponto. Esse é o ponto difícil de explicar.
Por que você não tenta?
Eu vou tentar. Deixa eu ver como posso começar.
Começa pelo começo.

Mas é que pelo telefone fica difícil. E você nem pode falar direito, com seu pai por perto.

É, não dá mesmo.

Mas por outro lado, se eu te vejo, eu tenho medo de não conseguir me concentrar direito.

Se o problema for o que eu estou pensando, eu fico de frente.

É. Esse é um problema sério para mim. Por isso falei o que não devia ter falado. Não devia e não queria. Não da forma que eu falei.

Sei.

Então por que você não tenta me falar o que falou, de outra forma? Vou tentar. Estou tentando. Mas você precisa procurar entender que o que eu vou dizer é algo da natureza do homem. Tá bom?

Tá.

Um dia eu estava comendo lá na lanchonete, e tentei sorrir para você, porque você estava com uma cara meio desanimada, meio triste.

É que eu tinha acabado de passar, com outro infeliz, pelo que depois eu passei com você.

Entendi. Então eu não fui o único a perceber...

Claro que não. Vocês, homens, *parecem tudo* uns cachorros no cio.

Cuidado, seu pai pode ouvir.

Eu sei.

É que essa sua característica...

Agora mudou de nome, é?

Não. É que eu tenho medo de falar alguma coisa errada, e aí você desligar e não querer mais me ouvir. E eu quero, muito, me explicar.

Pode falar, eu não vou desligar. Eu quero entender.

Então, como eu estava falando, você parecia triste, sem vida...

É como eu me sentia.

Então. E eu estava lendo o meu livro. E você, olha, eu estou sendo muito sincero, você não tinha chamado a minha atenção.

Você está querendo dizer que eu sou feia, é?

Não, claro que não. Eu estou tentando dizer que eu demorei um pouco para perceber a sua beleza. E eu só fui perceber a sua beleza depois que eu vi... você sabe.

E o que o cu tem a ver com as calças?

Bom, essa pergunta é relativa. E complexa. Vai, me dá uma chance?

Depende.

Depende de quê?

Você quer que eu vá até aí para trabalhar de recepcionista, ou você prefere que eu vá aí para fazer o que eu disse que ia fazer porque estou sem dinheiro?

O que você quer que eu responda?

A verdade. Afinal foi você quem falou que estava sendo sincero.

Então eu vou responder a verdade, mas você vai ter que me prometer que vai escutar a resposta até o fim. Você promete?

Prometo.

Preferir, eu prefiro que você venha para que eu pague para que você me mostre o seu corpo.

Ué!? Mas não era só...

Era, não. É.

E por que você falou do corpo?

É que eu fiquei com vergonha de falar "bunda".

Ah! Agora você tem vergonha.

Não, não é vergonha! É medo. Você não entende? Agora eu tenho medo de te perder. É isso. Como eu estava dizendo, eu lia o meu livro e então de repente eu avistei tua bunda.

Nossa! Que romântico.

Espera! Agora espera eu terminar. Eu vi tua bunda e endoideci! Pirei! Fiquei louco! Eu nunca tinha visto algo assim. Era a bunda dos meus sonhos.

Se eu pudesse, eu arrancava ela fora e te dava de presente.

E é esse o ponto. Eu não quero apenas a sua bunda. Agora eu quero você.

Mas você me quer por causa da minha bunda, senão não ia querer.

É. É isso. No começo era isso. Agora eu quero você.

Isso tudo é muito estranho. Eu não sei o que pensar.

Eu quero você. Mas, se você não me quer, me deixa pelo

menos uma vez ver a tua bunda de perto. Eu morro feliz. Nem que seja uma vez. Eu pago.

Tá vendo? Eu não sou esse tipo de mulher que vende o corpo.

Mas eu nem ia encostar a mão em você! Eu só queria olhar.

Pra você ver como são as coisas. Antes de você ter falado aquilo, naquele sábado, tudo o que eu mais queria era que você me tocasse inteira. O que eu mais queria era me dar para você. E não me vender! Entendeu agora?

Cuidado, seu pai vai ouvir.

E você tá com medo dele, é?

Não. Eu não estou com medo dele.

Você me machucou para valer. Eu estava *afinzona* de você. Sabia?

Por favor, me perdoa?

É difícil. É difícil esquecer.

Só para concluir. Se você não quiser, se você preferir o emprego de recepcionista, ou mesmo se você não quiser o emprego mas quiser aceitar uma ajuda financeira, até você conseguir outro emprego. Seja o que você quiser, seja o que você escolher, o que eu mais quero na vida é ter você por perto.

Você está me ouvindo?

Tô. É que isso que você falou... foi bonito.

Você está chorando?

É que eu estou muito emotiva. Eu estou tão machucada.

Me perdoa. Por favor. Eu não quis te ferir.

Amanhã é sábado, e é aniversário de uma tia minha. Então vamos deixar para a semana que vem. Me dá o endereço do seu escritório, que eu vou.

Tá. Posso falar? Você está anotando?

Estou.

Rua Conselheiro Crispiniano, número 32, bloco B. Sala 33. Terceiro andar.

Tá bom.

Você vem na segunda?

Não, na segunda eu já marquei de ver outro emprego. Já fiz ficha. Eu vou na terça. Na terça à tarde.

Eu vou esperar. Já estou esperando.

Tá.

Um beijo, e me perdoa.

Tá.

Tchau.

Tchau.

8

A imensa
bunda
e o buraco

Hoje é sábado. Amanhã é domingo. Depois vem segunda, e aí é terça. Buster Keaton não ri na TV. O esboço de meu pai descansa na poltrona. Ando de um lado para outro. Imagino como será minha terça. Imagino cada detalhe. Conta por conta, vou rezando o meu terço. Rosebud. O ralo daqui está mais lotado. Parece que a loira quer sair. Se a porta da sorte não abre, eu arrombo. Arrombo atirando nota por nota. Procuro ler a validade das balas de framboesa. Elas ainda vão durar uma eternidade. Pego um livro na estante. Abro uma página a esmo. "Meus irmãos, é preciso ser aquele que fica!" Corro mais umas páginas. Encontro um trecho grifado. Como se quisessem pinçá-lo do todo. "... E, afinal, vê-se que ninguém é capaz de pensar em ninguém, ainda que seja na pior das desgraças. Porque pensar realmente em alguém é pensar de minuto a minuto, sem se deixar distrair pelo que quer que seja: nem os cuidados da casa, nem a mosca que voa, nem as refeições, nem uma coceira. Mas há sempre moscas e coceiras. É por isso que a vida é difícil de viver." Assim falou Camus. E no outro leio o que eu mesmo sublinhei. "Imaginai um homem que, pouco a pouco, emerge de um letargo, abre os olhos sem ver, depois começa a ver, distingue as pessoas dos objetos, mas não conhece individualmente uns nem outros; enfim, sabe que este é Fulano, aquele é Sicrano; aqui está uma cadeira, ali um sofá. Tudo volta ao que era antes do sono." Falou Machado de Assis. Palavra do Senhor, graças a Deus. Penso em escrever um livro só com as frases que um dia grifei. Tornar meu o que não era meu. Tornar meu o que adquiri. Descongelo algo no micro-ondas. Levo da mão para a boca. Eu queria um dia escrever um livro. Eu não queria plantar uma árvore. Não queria um filho. Queria só um livro. Queria ler um livro que eu mesmo tivesse escrito. Um escritor disse uma coisa um dia. Eu não sei quem ele era. Só ouvi alguém dizer o que ele teria dito. Parecia arrogância, mas não era. Era autossuficiência. Parece que perguntaram para ele o que ele lia, ou o que ele estava lendo. "Quando quero ler um livro, eu mesmo o escrevo." Eu queria ter dito isso. Eu queria poder escrever. Mas em mim só encontro o silêncio. E, por isso, eu não sei escrever. Escrever, é claro que eu sei. Só não sei escrever um livro. Não consigo encontrar as palavras. Não consigo encontrar as palavras nas palavras. Só encontro minha voz no que penso. Mas o que eu penso ninguém ouve. O que eu penso é silêncio. Então eu me calo. O silêncio é a minha voz.

O silêncio é a voz que eu calo.
O silêncio é a voz que eu guardo.
O silêncio é lá onde eu moro.
O silêncio sou eu.

Ela entra.
Ela treme.
Balanga.
Traz um bracelete de ouro.
Acho que deu pra roubar.
Hoje eu não preciso tirar a roupa.
Hoje você tem algo mais para dar.
Você é mentiroso.
Tudo depende do que você crê.
Isso é mentira.
Então tá.
Ela treme. Ela parece uma caveira. Uma caveira peluda.
Eu sou amarelo, ela é azul.
Até a sua cara é uma mentira.
Sei.
Essa cara que o senhor usa não é sua.
Jura?

Essa cara é a do comercial.

É uma máscara que eu uso.

É porque o senhor não tem cara. É máscara mesmo. Se tirar, fica só um buraco.

Tó. Pegue o dinheiro, e vá embora.

O senhor tem a cara da mentira.

E você tem a cara da verdade.

O senhor é a mentira.

E você, a verdade.

Ele entra.

Ele traz a imagem de um santo.

Quem é esse, são o quê?

É são Lourenço.

Existe santo com esse nome?

Existe, claro que existe.

É padroeiro de quê?

Isso eu não sei, mas sei sua história.

E qual é?

Pelo que sei, são Lourenço pegou todo o tesouro da Igreja e distribuiu entre os pobres. Aí um juiz, pagão, perguntou onde estavam os bens da Igreja. Então são Lourenço reuniu todos os pobres e enfermos e disse: "Eis os tesouros da Igreja". O juiz, irritado, mandou que queimassem o santo em fogo lento, sobre uma grelha de ferro. Dizem que, enquanto queimava, são Lourenço ainda brincou, dizendo: "De um lado já estou bem assado, vira-me para o outro lado e come".

Sei, ele é tipo um Robin Hood da churrasqueira. Entendi.

Ha, ha, ha. Essa foi boa! Robin Hood da churrasqueira!!! Ha, ha, ha!!!

Eu detesto esse tipo de gente que repete a última frase de uma piada.

Como assim? Ah, entendi! Que repete a última frase de uma piada! Ha, ha, ha!!!

Ha, ha, ha!

Resolvo almoçar no boteco. A garçonete me enche de beijos. É "meu amor" pra lá, "meu amor" pra cá. Fico até emocionado quando vejo o quanto as pessoas gostam do meu dinheiro.

E então, o senhor ligou para ela?

Liguei.

E falou que está gamadão?

Ah, acho que sim.

Como assim, acho?

É. Eu mais ou menos falei.

Ih, meu filho! Nenhuma mulher no mundo gosta de ouvir: Olha, eu mais ou menos te amo. Que é isso, meu irmão?!

É.

Vai comer ou vai embrulhar?

Vou comer.

É assim que se fala, campeão! Sai um x-tudo, no capricho!

Que livro é esse que o senhor está lendo?

Manual prático do ódio, é do Ferréz.

Eu sei, é aquele figura do Capão.

É. É ele mesmo.

Maravilha.

Ele entra.

Ele traz uma baixela.

Diz que é de prata.

Essa é coisa fina, e olha que essa baixela tem história.

Como vai? E o vício?

É hoje, é hoje! Ha, ha, ha!

Ele esfrega as mãos enquanto ri.

Eu vou comprar, mas só se você me contar o seu vício.

Ah, doutor, se eu contar o meu vício, o senhor vai acabar ficando mais viciado que eu.

Isso é impossível.

Ah, é?

É.

E como é que o senhor tem tanta certeza?

É que só existem dois caminhos, o vício e a virtude, e eu sou um homem de virtudes.

Tô sabendo, he, he, he! Tô sabendo!

Vamos lá, me conta.

Então me dá o dinheiro, que aí eu pratico o meu vício na sua frente.

Espera aí! Não é nada nojento, é?

Não. Nojento não é não. Mas eu nunca fiz isso na frente de ninguém.

Mas você não vai tirar a roupa, fazer barulho, sei lá, algo assim, vai?

Não. É um ato bem silencioso.

Sendo assim, tudo bem.

Entrego o dinheiro ao cientista louco.

Seus olhinhos de bêbado chegam a faiscar. Ele seleciona a maior das notas entre as que lhe dei. Aí, ele olha pra mim. Seu rosto está iluminado, disforme do tanto que ri. Estica a nota. Apoia a nota na escrivaninha. Esfrega. Tenta deixá-la como nova. Ele me olha e diz:

Eu estou pronto, doutor, e o senhor?

Pode começar quando quiser.

Então tá.

Agora seu rosto se fecha em estado de plena concentração.

Sua boca distorce, como se ele estivesse pronunciando um U.

Segura a nota com ambas as mãos.

Só polegar e indicador, movimento em pinça, feito a *Ilha das Flores*.

E aí ele rasga.

E rasga de novo.

Fica eufórico.

Pula na cadeira batendo com a bunda, feito criança brincando de cavalinho. Ele baba, ele agora emite o som do seu U. Ele é doido de pedra.

Vâmu lá, doutor, *everybody*, vamos lá, doutor, todos juntos.

Apanho uma nota na caixa dos cubanos, não custa tentar.

Imito seus movimentos com precisão. É indescritível o prazer.

Agora é ele de novo.

E agora sou eu.

Agora os dois num ato simultâneo.

E segue assim.

Eu já tô de pau duro, doutor!

O meu já fisgou.

Vamos ver quem chega primeiro, doutor.

Vamos ver.

Quem chegar primeiro é o vencedoOOoarghhuhlfffff.

Ele ganhou.

Entro. Ligo a TV. O Pica-Pau dá sua velha risada. Papai assiste vidrado. Tiro uns tufos do ralo para poder tomar banho. Começo a pensar Rosebud, mas resolvo me guardar. A água morna bate até que fura. Ouço papai rachando de rir. Penso em pedir algo para comer. Mas desisto. Como uma fatia de pão de fôrma. Não passo nada. Abro uma cerveja. Acendo vários cigarros. *Rosa e Azul* é uma festa junina, ainda mais depois que rabisquei algo Volpi. Hoje é segunda pau na sua bunda, amanhã é terça e disso não se esqueça. Amanhã é o dia que eu tanto queria. Hoje nada me abala. Chupo framboesa. Releio o que diz o horóscopo da velha *Revista dos Astros*. Vou me deitar. Não vou sonhar. Nem dormir.

Entro.
É terça.
Tem uma mocinha quebrando o meu galho.
Recepcionista freelance.
Ela só aguarda a bunda escolher o que será da sua vida.
Se o preço for um convite na gráfica, acho que vou aceitar.
Falo isso agora, depois calo pra sempre.
Espero.
Nem posso acreditar que hoje chegou.
Papai lá em casa torcendo por mim.
Come ela, meu garoto, come ela por mim.
Ele já viu de tudo.
E por isso me entende.

Ele entra.
E então percebo o cheiro. Preciso tapar rapidinho.
Não quero que a bunda sinta tal cheiro.
Corro ao banheirinho e jogo a toalha.
Ele traz um par de luvas com cheiro de couro.
Penso: Pode ser útil enquanto não adquiro as mãos.
Chuto tanto.
Ele aceita de pronto.
Hoje estou prevenido.
Já enchi os cubanos e ainda tem mais.
Ele sai.

Ele entra.
Ele sai.

Meu coração bate forte.
Até posso escutar.
Minha boca amarga.

Olho para o paraguaio.
Sei que ainda é cedo.
No parapeito uma pomba me aguarda.
Faço xô.
O paraguaio hoje está preguiçoso.
Boto ele na orelha.
E sei que estou vivo.
Batuco.
Esperando a hora passar.
É hora do almoço.
Mas não posso sair.
Esperar é preciso.
Acendo o cigarro.

Enfim.
Ela entra.
Com sua branca calça de lycra.
A blusinha é preta, da cor das sandálias.
A bolsa é marrom.
Eu levanto.
Ela de embaraço olha o chão.

Você não imagina como estou feliz.
Ela não fala nada. De nervoso sorri.
Seguro suas mãos. Procuro seus olhos.
Ela ergue o rosto.
Nossas pupilas se dilatam.
Você não imagina como eu te esperei.
Ela solta uma arfada de ar.
Eu estou muito nervosa e envergonhada.
Beijo seu rosto com o carinho de Judas.
Ela cerra os olhos na mais terna doçura.
Vem, senta um pouco.
A conduzo à cadeira.
Segurando sua mão.
Ai, meu Deus do céu. Eu não sei se vou conseguir.
Fique calma. Está tudo bem.
Eu estou tão nervosa.
Acredite, eu também.
Ela suspira feito criança quando para de chorar.
Você é ainda mais linda do que a visão que eu guardei.
Você disse que precisava de uma recepcionista.
E preciso. Essa foi um amigo que me emprestou, ou melhor, essa trabalha para um conhecido.
Ela é bonita, né?
Sabe que eu nem reparei?
É, sim, muito bonita.
Você é que é linda.
O senhor tinha dito que trabalhava com imobiliária.
Por favor, não me chama de senhor. Me chama pelo nome.
Desculpa, é que eu estou muito nervosa.
Quando eu falei que trabalhava com imóveis, eu falei sem pensar.
Bom. Vamos acabar logo com isso.
Calma. Não quero que tenha pressa.

Ai, me arruma um copo d'água, fazendo o favor.
Traga água e café. Digo isso no fone.
É bonito aqui.
É porque aqui tem de tudo. Tem tudo o que o mundo pode dar.
É muito bonito mesmo.
É bonito porque sua beleza irradia. Isso escapa. Horrível, eu penso.
Ela ri.
Ela gosta.
Entra o café e a água.
Ela quase engole o copo.
Do que você está rindo?
Nada, nada... Eu lembrei de uma piada.
Eu também quero rir.
Eu também te quero rindo, mas não de piada.
Que livro você está lendo?
Nenhum.
O café tá gostoso.
Então toma. Toma logo. Eu rezo baixinho.
Ela passa o dedo no fundo da xícara e lambe.
Pobre não pode desperdiçar nada. Isso eu penso.
Eu gosto do *açucrinha* que fica no fundo da xícara.
É gostoso mesmo. Improviso.
Bom. Acho melhor começar de uma vez.
Se você estiver pronta, tudo bem.
Só que a gente não combinou nada. Tipo assim, um preço.
É verdade. Você prefere em cheque ou dinheiro?
Eu prefiro em dinheiro. O banco encerrou minha conta.
Tudo bem. Me diz uma coisa: quanto você ganhava no bar?
Dava três salários mínimos, aproximadamente. Quase quatro.
Então tá.
É isso que você pretende pagar?

Se for, o que você acha?

Acho que está bom. Afinal, vou ganhar em um dia o que eu levava um mês para ganhar.

Abro a gaveta de baixo.

Ela ainda olha para o chão.

Você prefere que eu te pague antes, ou depois?

O senhor, quer dizer, você é que sabe.

Eu prefiro pagar antes.

Tá bom. Eu vou ter que fazer o quê, só mostrar?

É, só mostrar. Se possível, eu gostaria de poder ficar olhando, por um bom tempo.

Quanto tempo?

Eu não vou dizer "até cansar", porque eu nunca me cansaria. Olha, confere.

Ela põe a mão sobre o peito, enquanto esvazio as três caixas.

Meu Deus! Quanto dinheiro tem aí?

Acho que daria um ano de trabalho, se levássemos em conta o salário do bar.

Isso é só pra eu mostrar a bunda, ou o quê?

Eu estou pagando para ver a sua bunda. Caso você queira fazer ou mostrar algo mais, que seja de sua livre e espontânea vontade. Deixe a sua consciência mandar.

Meu Deus! Eu, eu não posso andar com todo esse dinheiro.

Se você quiser, eu te levo em casa, ou, se preferir, chamo um táxi e peço que a leve.

Por que você está fazendo isso? Por que você vai pagar dez vezes ou mais do que o preço que eu disse que faria?

Por vários motivos. Principalmente porque você vai realizar um sonho que alimento desde o primeiro dia em que a vi.

Então o senhor, você, não exagerou quando disse que ela te deixou louco.

Não. Eu não exagerei.

Mas é muito dinheiro, só para olhar.

Eu só quero olhar.

Então eu vou te mostrar. Mas e se o senhor, você, não gostar?

Eu acho isso muito difícil.

Mas e se acontecer? Eu vou ter que devolver o dinheiro?

Claro que não. O dinheiro é seu a partir do momento que eu puder ver.

Mas e se você não gostar?

De qualquer forma, eu terei concretizado o meu sonho.

Bom. Acho que é melhor começar.

Me dá só um minuto, eu vou dispensar a moça e trancar a porta. Eu não quero ser interrompido.

Quer que eu já vá tirando, enquanto isso?

Não! Não! Eu preciso ver você tirando. Isso faz parte.

Tá bem.

Vou.

Volto.

Pronto. Tiro o fone do gancho. Podemos começar.

Eu fico *aonde*?

Olha, eu vou me sentar aqui na minha cadeira. Você pode se levantar e ficar aí na frente. Fique à vontade.

Ela levanta e, já ia desabotoando a calça, quando falei:

Espera! Calma. Eu quero poder te olhar um pouco com a calça. Sabe, como aquele dia no bar.

Desculpa. É o nervoso.

Tudo bem.

Ela está de lado para mim. Em pé, bem na minha frente. E isso não é um sonho. Eu sei pelo bater de meu coração.

Posso virar?

Vira.

Ela vira. Essa é aquela calça que ela usou certo dia. A calça que desenha e modela, com extrema precisão, cada detalhe. Cada saliência e reentrância, num esplendor magnífico só capaz de existir nessa terceira dimensão. Sua bunda é imensa. Sua bunda é redonda e farta. E parece ainda maior em vista da fina cintura. Me contenho, com extremo controle para não me tocar.

Será que você poderia se agachar? Sabe, flexionando o joelho?

Ai, assim é melhor. Se você me disser o que quer que eu faça, acho que é mais fácil.

E então, lentamente, ela se agacha.

Essa deve ter sido a maçã de Adão.

No ato de se agachar, a lycra sem perdão faz surgir a premonição do que em breve virá.

Isso, agora levanta, bem devagar.

E assim ela faz. A lycra não perdoa. A lycra entra. Meu coração quase arrebenta.

Agora, se possível, ainda com a calça, fica de quatro.

E assim se faz.

Sua bunda, nesse momento, parece dobrar de tamanho.

E minha boca, mesmo que eu tente, não guarda o "puta que pariu"!

Puta que pariu! Me desculpa! Sinto muito, escapou.

Mas acho que ela compreende, e, para me castigar, ela abana o rabinho pra mim. Bem devagarzinho, ela rebola pra lá e pra cá. Pra lá, dá uma paradinha, e pra cá. O suor escorre incontido.

Issssso! Isssssso! Asssssim messssssmo!

Então ela olha para mim. Eu, com os olhos quase virando, tento um sorriso. Ela começa a se levantar.

Você se importa se eu abrir minha calça? É que não me cabe mais... O meu *bigulim*, você sabe, meu pênis.

Pode abrir.

Ele salta.

Posso abrir a minha?

Hum, hum. É tudo o que consigo pronunciar.

Ela abre.

Ela abre e começa a tirar. Ou melhor, ela se esforça, ela tenta. Ela luta com a lycra. Pouco a pouco começam a sair, pulando para fora, pedaços desta revelação. E assim vai seguindo. Pouco a pouco. Sua enorme maravilha que é arte mais pura. E assim segue, se formando por partes. Sua calcinha é igualmente branca. Da família das tangas. Agora já vejo a metade. E então é o todo, vencendo a lycra. É imensa, e agora menos uniforme. É de um redondo impreciso. Impreciso e gigante, pela própria natureza. É o impávido colosso. Agora ela tira a sandália. E está tudo pro alto. Se o Buttman pudesse ver isso agora. E, depois de se desvencilhar das sandálias, ela arranca por seus pés o que resta da calça. E, sem que eu tenha tempo de implorar movimentos contidos, num flash a calcinha se vai. Sua enorme e quase disforme bunda é por estrias e celulite ornada. Mas isso só contribui para que ela se torne ainda mais real, ainda mais carne.

Eu levanto e caminho em sua direção. Quanto mais me aproximo, menor fica o que tenho nas mãos. Me ajoelho e a abraço. Com força. Beijo. E fico assim, abraçado, feito um filhote a sua mãe. E, mesmo que o vórtex me puxe, sei que, por uns minutos, ainda terei minha tábua de salvação.

A bunda era o contraponto do ralo.

Esse ralo a que eu mesmo dei vida. Esse ralo é para onde projetei o escuro que sou. Esse ralo é o que eu lhe emprestei. O ralo e a bunda, dois extremos. Dois buracos extremos. Um leva ao interno do ser, outro ao interno do mundo.

Toda a carga que depositei nessa bunda, infelizmente, quando me refiro à carga depositada, é uma figura meramente psicológica. Esta bunda, que agora abraço, era a minha salvação.

A bunda é, e sempre foi, o desejo, a busca de tentar alcançar o inatingível. Esta bunda era, enquanto impossível, enquanto alheia, o contraponto do ralo. Mas o que eu realmente buscava não estava ali. Tampouco em outro lugar. O que eu buscava era só a busca.

Era só o buscar.

E por isso agora já não há mais desejo, só cansaço. Só o vazio. Só a certeza do incerto.

Agora é preciso encontrar algo novo, de preferência uma bunda nova, para acreditar. Uma nova bunda em que eu possa crer. Nessa bunda eu não creio mais. Não que ela minta, ou tenha um dia mentido, para mim. Não. O mentiroso sou eu.

Pronto, era isso que você tanto queria?

Hein!?

Tá feliz? Tá satisfeito?

Não consigo dizer nada.

Você não gostou da minha bunda?

Nada digo. Permaneço agarrado. Tenho medo de me soltar. De largar e ser lançado no espaço. Tenho medo de ser puxado pelo ralo.

E, sem que me possa conter, choro feito um bebê.

Que foi? Que foi, você não gostou? Eu fiz algo errado? Por que você está chorando? Fala comigo, por favor. Fala o que eu fiz de errado.

Mas o choro é copioso.

Ela toca em minha careca e procura me confortar num fraternal cafuné.

Que é isso, esse esparadrapo? Você se machucou?

Que foi que eu fiz? Me diz? Eu falei alguma coisa errada? Foi isso?

Por quê? Agora sou eu quem pergunta.

Por quê? Novamente, num ciclo de redundância.

Por quê? Ela ali, sem as calças. Eu aqui, com as calças no

joelho. Ambos no chão. E ela, pobrezinha, continua com esse irritante cafuné.

Eu ainda me agarro a ela. A esta bunda que tanto sonhei. Agora está aqui ao meu lado. Nua. Liberta. Mas não sabe o que faz. Imagino poder ver esta cena do alto, este retrato do patético, do patético dessa nossa miserável condição.

E então ela vira, se abaixa, e fita meus olhos.

Não fica assim. Não fica triste não. Isso acontece. Eu vou dar um jeito nele, cê vai ver.

E então ela pega o meu pau e coloca na boca.

Não fica triste não. Você vai ver, eu vou dar um jeito nele.

E o devolve à boca.

O chão me sustenta. Admiro o furo no teto.

Viu como ele já está ficando esperto?

Ela trabalha bem.

Ela chupa com afinco.

Nossa! Olha o tamanho do meninão.

Dito isso, sobre ele, ela senta.

E como no canal pornô da TV acabo.

Imitando engrenagem.

Movimento perpétuo.

Agora é balé.

Agora eu assisto.

Plateia.

Com a distância de um filme que vejo.

E, enquanto ela dança e rebola, mesmo enquanto me esfolo, relembro de um livro que li. Eu não estou tão aqui. Relembro do velho Borges. Relembro de "The unending gift". Lembro que a promessa só os deuses podem fazer. Assim nos falou o velho mestre, nesse poema que agora relembro. Enquanto ela ainda rebola, dançando um triste iê-iê-iê.

Borges fala de um quadro que um pintor lhe prometera.

Mas esse tal pintor morre antes de realizar a promessa.

E então Borges disseca o eterno e a promessa.

Ele diz que o quadro já tinha um lugar prefixado, que não ocupou. Borges segue pensando no quadro e no homem perdidos. Borges diz que só os deuses poderiam prometer, porque são imortais.

Depois, reflete que, se o quadro tivesse, com o tempo ele seria algo mais, uma coisa.

Uma vaidade.

Mas, sigo Borges, ao não ter, o quadro se torna incessante, ilimitado.

O quadro que não existe é capaz de qualquer forma ou cor.

E de alguma forma ele existe. Vivo. E continuará a viver, e se expandir. Incessante.

Borges conclui que há na promessa algo imortal.

Chego ao fim.
Nem me importo com ela.
Eu nunca gostei de ninguém.
E aí ela me beija.
Foi gostoso? Pergunta.
Foi.
E, assim, mais uma coisa a bunda se torna.
Como tudo, como as coisas que tranco na sala ao lado.

9
O buraco e
mais nada

Ligo a TV. Escureço a tela até sumir a imagem. Transformo a TV numa espécie de rádio. Peço a bênção a meu pai. Recito um Arnaldo Antunes. Abro a geladeira. Bebo algo. Assim os sons do 80 chegam a ser engraçados. Até os gemidos são engrenagens. Agora já não quero mais nada. O vazio se expande de mim. Pouco a pouco em coisa me torno. Não sei se pego no sono, ou se é ele quem toca em mim. Desligando do mundo engrenagem. Onde todos se movem, por mover.

Chego. Ela já me espera. Diz estar ansiosa e feliz.
Espera não me desapontar. Não como recepcionista.
Abro a porta e explico uns detalhes.
Coisa muito suja ou quebrada, faça uma pré-seleção.
O resto deixa que eu cuido.
E nunca, nunca entre sem antes bater.
Ela nem desconfia que esse seu cargo é provisório.
Coisa para menos de um mês.
Então mando ela embora.
E talvez ela vá.
E talvez ela vá e carregue consigo um filho.
E um dia esse filho tente me reconstruir.
Sem saber o meu nome.
Talvez ele me ame.
Talvez ele nunca saiba que eu não amo ninguém.
Talvez sua herança seja o cheiro do ralo.
Hoje é ela quem framboesa me dá.
Ela diz que me ama. Como quem diz "obrigado".
Então, já em minha sala, trancado.
Caminho até o banheirinho e descubro o ralo.
Ontem, até esqueci.
Deitado de bruços, inalo.
Trago.

Para ele o ralo sou eu.
Observo, atento, o buraco.
Nesta pose relembro o *Narciso* que Caravaggio pintou.
Só que não há o reflexo.
Só há o escuro que sou.
E isso é tudo o que me resta para amar.

Ele entra, ele rasga dinheiro.
Ele entra e sai carregando uma coisa pesada.
Ele entra com as mãos ocupadas.
E eu cuido de me esvaziar.
Ele entra tal qual um relógio.
Outro entra igual um martelo.
É relógio, alfinete, é faca.
É abajur, é enxada, é pá.
É ouro, é prata, é ferro.
É história pra lá e pra cá.
É sanfona, é imagem, é tela.
Porcelana chinesa ou barata.
É o cheiro, é a merda, é o pai.
É navalha, é livro, é não sei o que mais.
É isso, é aquilo.
É moeda, é bordado com um ponto falso.
É autorretrato, é baixo-relevo.
É por grama, é por quilo.
É tesouro, é tesoura, é o diabo.
É guarda-chuva, é sombrinha.
É tudo, é nada.
É utensílio de cozinha ou de quarto.
É madeira, é de pinho, é de lei.
É a vida, é dura, é fato.
É verdade, é mentira, é boato.

É cabide, é bidê, é o fim do caminho.
É pau, é pedra.
É farinha, é pó, é o talco.
É o senhor, é você, é obrigado.
É coisa nenhuma, é o caralho a quatro.
É de novo, é outra vez.
É um ciclo, é compasso.
É chinelo, é sapato, é sandália.
É pescador, é mercador, é engraxate.
É tintureiro, é vagabundo.
É óculos de tartaruga, é pé de pato.
É coisa nova, é coisa velha, é semiusado.
É charuto cubano, é o vazio do caixa.
É uma cena, é um filme, é um ato.
É grifo, é garfo.
É maciço, é oco.
É elástico, é borracha, é plástico.
É o pé do coelho, é a boca do sapo.
É um jogo ou é só a partida.
É o azar, é a sorte.
É a porta que bate.

Ela entra.
Ela treme.
A cada dia, mais.
Balanga.
Traz um saco.
Um desses sacos de embrulho, de papel pardo.
Desses que a gente não vê mais.
Agora tudo se embrulha em sacolinhas de plástico.
Essas sacolinhas fazem um barulho irritante. As de plástico.
Esses sacos não.

Ela enfia a mão dentro dele.
Agora até o saco treme.
Ela conserva a mão mergulhada.
Fala, criatura, o que trazes pra mim?
Eu trouxe uma coisa que é do senhor.
Ah, é?
É. Trouxe a única verdade.
Não brinca?
Ela aponta o saco para mim.
O saco treme.
A cabeça balanga.
A mão trêmula está dentro do saco.
Eu trago a sua verdade.
Adivinho o que o saco guarda.
Eu trouxe uma coisa que só serve em você.
Abaixe isso!
Não posso.
Então o saco faz BUM.
E o BUM é tão alto que dói.
O BUM rasga o fundo do saco.
O BUM me rasga também.
O BUM sempre diz a verdade.
O saco rasgado revela sua mão.
Em sua mão tem fumaça.
A fumaça que sai pelo cano.
Mas não pelo cano do ralo.
Pelo cano da arma.
Ela treme.
Eu também.
Tem um buraco no teto.
Tem um furo em mim.
É uma dor grave.
Quando encosto o queixo no peito, eu vejo.

O paletó que se tinge de mim.
Meu coração agora bate pra fora.
Espalhando o meu sangue por tudo.
Bate fora do peito.
E aí ouço um novo BUM.
O cheiro do ralo.
Esse era o nome do livro que eu nunca escrevi.
Tudo passa por meus pensamentos.
Penso em tudo o que um dia comprei.
Penso em todas as coisas que me colecionaram.
A morte é dura.
A Morte cura.
A Morte cura e machuca.
A morte dói.
Eu sou dor.
Dói.
Dói muito.
Tudo é dor.
Tudo é dor no nada.

Por Welles solto um Rosebud.

Penso no olho de meu pai.
Penso em dar um último beijo.
Beijaria cada uma das coisas que eu julguei ter tido.
Sinto que perco tudo.
Tudo o que nunca foi meu.
E então eu me perco em mim.
Nesse mim que nunca foi eu.
Beijaria a bunda, como se fosse a única.

Pai. Desta vez, não perdoe!

Não há luz.
Era tudo mentira.
Deste lado ninguém espera por mim.
Ninguém me guia.
Pois o caminho não dá para errar.
Caio.
O caminho é a queda.
A queda me traga.
Como um ralo.

O silêncio é a língua que eu falo.

E então tudo o que não existe surge.
Enquanto o que existe se apaga.

Eu não quero ir.
Mas o abismo me engole.

Eu não quero ir.
Eu queria ficar.

Lourenço Mutarelli nasceu em 1964, em São Paulo. Publicou diversos álbuns de quadrinhos, entre eles, *Transubstanciação* (1991) e a trilogia do detetive Diomedes: *O dobro de cinco*, *O rei do ponto* e *A soma de tudo I* e *II*. Escreveu peças de teatro — reunidas em *O teatro de sombras* (2007) — e os livros de ficção *O cheiro do ralo* (2002, 2011; adaptado para o cinema em 2007), *Jesus Kid* (2004), *Natimorto* (2004, 2009; adaptado para o cinema em 2008), *A arte de produzir efeito sem causa* (2008), *Miguel e os demônios* (2009) e *Nada me faltará* (2010), os quatro últimos também publicados pela Companhia das Letras.